La trace d'un inconnu

Véronique LAVAL

La trace d'un inconnu

Roman

Édition : BoD – Books on Demand, info@bod.fr
Impression : BoD – Books on Demand, In de Tarpen 42,
Norderstedt (Allemagne)
Impression à la demande

ISBN : 978-2-3224-3604-0
Dépôt légal : Novembre 2022

On gagne plus à connaître les bonnes qualités de son ennemi qu'à être instruit de ses fautes

Proverbe chinois

CHAPITRE 1

Aucun homme n'aime se réveiller en pleine nuit, de surcroît dans un bond à cause d'un cauchemar. Les battements du cœur de Gabriel s'accélèrent. Il croit que l'heure de son dernier souffle est imminente. Mais non, son pouls ralentit, le voilà vaguement rassuré, la vie continue. Puis la frayeur s'évanouit à son tour, l'univers des songes se réduit, s'efface à l'image de la craie blanche sur un tableau noir. Blotti sous la couette, les yeux fermés, il attend le retour de l'endormissement. Quelle heure peut-il être ? Le courage lui manque, il garde les paupières closes, ignore l'heure qui s'affiche sur le réveil posé à ses côtés. Il tourne son corps vers le mur où pas la moindre fissure de lumière ne filtre jusqu'à ce qu'une nouvelle vague de sommeil l'emporte jusqu'au lendemain. Au matin, il affronte la tragique réalité. Hier encore, il menait une vie heureuse jusqu'à cette fête.

Dans la cuisine, pendant que la cafetière crachote les derniers râles de café, il cherche ses lunettes, l'antidote à sa myopie. Debout devant la carafe bouillante, il la saisit par l'anse, et déverse le liquide brun dans un bol. Dès la première gorgée, le café lui semble aussi amer que la soirée de la veille.

Gabriel vient de terminer sa sixième année d'études de médecine à la faculté de Paris. Il est doué. Nul doute que sa ténacité demeure son fer de lance. Et le temps insaisissable a passé sans qu'il ne décroche. Maintenant, qu'il a obtenu un classement après les épreuves de fin de cycle, il peut choisir sa spécialité et la région où il effectuera son internat. Son souhait : être chirurgien. Les trois dernières années, il a partagé sa vie entre les cours à la faculté, les stages et les gardes rémunérés à l'hôpital. C'est là qu'il a découvert la réalité du métier. Depuis six ans, il participe à la soirée débridée qui clôture l'année, l'occasion d'évacuer sans vergogne les tensions accumulées tout au long de l'année. La veille, tout s'était déroulé comme les années précédentes, à une exception faite, et son destin a basculé.

La fête de fin d'année.

A fortiori, c'est le moment d'abandonner son sérieux au vestiaire, de lâcher-prise pour la communauté étudiante. Au sein de la faculté, une poignée de volontaires avait collé des affiches dans l'amphithéâtre, distribués des flyers avant la date fatidique. Les médecins de l'avenir, friands de la circonstance comme d'une sucrerie défendue vivaient ce moment comme une grande récréation. Un DJ, chargé de la diffusion de la musique, animait la fête. La plupart des étudiants présentaient leur billet d'entrée vers 22 h 00, alors que certains venus sur place bien à l'avance, buvaient une bière ou un mélange de rhum et d'oranges préparé sur place.

Les étudiants n'avaient pas mis le nez dehors depuis trois mois. À cette occasion, l'abus de la consommation d'alcool modifiait les comportements plus que de raison. Gabriel optait pour la modération. Il avait appris de ses expériences passées.

La piste de danse s'animait avec un groupe de filles délurées qui ondulaient, un verre à la main, quand il arriva accompagné de ses amis : Joël, Rémi, Nathalie, Clémence et Pierre. L'une d'elles, hilare, donnait des coups de bassin sur les fesses de sa camarade tandis qu'une seconde s'écroulait sur un canapé, loin dans les délires d'une surconsommation d'alcool. Les trois-quarts des élèves, agglutinés derrière le bar, tendaient leurs tickets pour se désaltérer. Une jeune femme au timbre de voix oscillant entre les graves et les aiguës, le corps chancelant, articulait tant bien que mal : « Il n'y a rien de pire que de se retrouver dans une soirée sans avaler une goutte d'alcool ! Allez, venez vous détendre ».

Ces soirées empruntaient de nombreux codes du bizutage. Une réputation collait aux plus vieux, la sobriété. Les cadets, plus délurés, avançaient que leurs aînés n'avaient plus besoin de prouver leur intégration au groupe. Puis, passant à côté d'un élève de troisième année Gabriel l'entendit philosopher d'une drôle de manière : « C'est mort, il n'y a que des étudiants en sixième année. Ils ne savent pas boire. C'est déprimant. » À ses côtés, son amie disait : « C'est une soirée banale. D'ordinaire, les gars se déshabillent. »

Vers 2 h du matin, accoudé au bar, Mathieu portait la faluche, un béret de velours rouge, recouvert de pin's, de rubans colorés, d'un mousqueton, d'une petite corde d'escalade... Comme tous ses camarades faluchards, il faisait partie de la corporation de la faculté, du cercle très fermé des « durs ». « Chaque soirée, nous honorons les quatre piliers de la vie : la fête, la bouffe, l'alcool, le sexe », expliquait-il, imbibé comme une éponge. La faluche, réservée à une poignée d'individus ubuesques, qui avait pour seul but l'entre-jambes des femmes et l'ivresse frôlait le mensonge. Derrière une idée forte, une autre réalité existait.

Combien étaient-ils à ne pas appartenir à cette catégorie, à se ruer dans les plaisirs charnels et à tomber dans l'ivresse, alors qu'à contrario, un bon nombre de faluchards n'étaient motivés par aucun des deux ? Mais le mérite des porteurs de cette coiffe revenait sans doute à assumer leurs pulsions pour ceux qui répondaient à l'archétype avancé, quand d'autres n'avaient que des personnalités refoulées.

Plus tard encore, une horde de zombies remuait au ralenti chacun prenant appui sur autrui pour tenir debout et se frayer un chemin avec des gestes maladroits, des peaux moites. L'un d'eux bouscula Gabriel. Il posa sa main sur son épaule et prononça péniblement, les yeux fermés, trop injectés : « Pardon, je ne t'avais pas vu ». Là-bas, installés à une table, quatre étudiants préparaient discrètement des lignes de cocaïne. À l'écart, une jeune femme luttait contre le trou noir de l'alcool. Assise face au mur, les bras sur les cuisses, la tête en chute libre, elle attendait que ses hallucinations passent. Dans les coins sombres se faufilaient des corps tous occupés à se caresser. Sur la piste de danse, les derniers résistants dégoulinaient de sueur. Gabriel et ses amis étaient rodés à tous ces débordements.

L'apparition des forces de l'ordre à l'embrasure de la salle glaça l'ambiance. Nathalie assigna un coup de coude à Gabriel puis approcha la bouche de son oreille dans laquelle elle dut crier afin de triompher sur les décibels environnants :

« Qu'est-ce qu'ils veulent ? »

Il fit la moue. Et puis il s'éloigna pour rejoindre l'organisateur de la fête afin de le prévenir puis revint auprès de Nathalie. Après l'échec d'une tentative de séduction, il considérait Nathalie à l'égale d'une sœur. Tout un visage en rondeur, une lune. Sur ce satellite, ses prunelles noisette jetaient des feux de sa vivacité intérieure. Les cheveux coupés courts, blond doré, épousaient l'arrondi de son crâne et sa bouche possédait la fraîcheur d'un fruit. De la malice dans son sourire. « Dommage, pensait Gabriel que je n'aie pas eu le privilège - réservé à son ami Rémi - d'embrasser ses lèvres couleur abricot, à l'aspect doux et pulpeux ». Le succès rencontré par son meilleur ami auprès d'elle n'avait pas eu lieu avec lui. Avec Rémi, elle faisait l'amour. L'affection que Gabriel réservait à Nathalie avait suscité un temps la jalousie de Rémi qui croyait qu'il tentait de lui voler sa petite amie. L'amitié du trio s'était renforcé une fois le malentendu dissous.

Les gendarmes réapparurent devant Gabriel. La panique l'envahit. Que lui voulaient-ils ? Il faisait partie des étudiants les plus sobres de la soirée ! Pourquoi lui ? Le plus âgé des trois gendarmes s'adressa à Gabriel, l'invitant à se mettre à l'écart. Dès qu'il prit la parole, sa moustache se souleva à la cadence des mots articulés. Sa voix intègre, digne de sa fonction demanda : « C'est vous Gabriel Moreno ? »

La tête du jeune homme oscilla de haut en bas en guise d'approbation. Il n'aimait pas son ton formel. C'était donc lui qu'il visait. Lui et personne d'autre au milieu de tout ce relâchement. Il avait peur. Une angoisse qui tomba dans ses jambes devenues flageolantes. Trois uniformes venus exprès pour lui, trois tenues militaires représentant la gravité de leur présence.

— Mme Flore Moreno qui vit à Antibes, c'est votre mère ?

— En effet, c'est ma mère. Que se passe-t-il ?

Tout à coup, il décela l'air de circonstance sur le visage du gendarme qui prédisait le pire :

— Elle est morte.

À ce mot, un gouffre à ses pieds s'ouvrit.

— Quand ? Comment est-ce arrivé ?

Stupéfait, Gabriel enchaînait les questions. L'adjudant-chef ajouta :

— Il faut vous rendre sur place. Nous ne détenons pas d'autres éléments à vous communiquer. Le dossier se trouve entre les mains de la gendarmerie d'Antibes qui vous renseignera. C'est le frère de Mme Moreno qui nous a transmis vos coordonnées.

Son oncle Patrick, un homme sensible, dont le courage avait fait défaut pour annoncer le drame à son neveu, pressentant qu'il n'aurait pas les mots appropriés, que la maladresse régnerait dans un moment où justement chaque parole devait être pesée. Il valait mieux une intervention officielle comme celle des forces de l'ordre.

Après l'avoir salué, les trois gendarmes en avaient profité pour mettre un terme à l'orgie qui se déroulait sous leurs yeux et avaient obligé tous les étudiants à quitter les lieux.

À l'âge de vingt-cinq ans, à l'annonce du décès de sa mère, il vit s'effondrer la relation fusionnelle et la complicité qu'il entretenait avec elle.

FLORE ET ROMAIN

CHAPITRE 2

Flore était une adolescente mal dans sa peau, insatisfaite de son allure générale. Dans la liste des parties de son corps qu'elle estimait disgracieuses, il y avait ses fesses trop grosses, ses seins minuscules pour ainsi dire inexistants qui lui donnaient d'après elle un côté androgyne, la couleur banale de ses cheveux châtains, autant de critères qui ne la rangeaient pas, toujours de son point de vue, dans la catégorie des beautés irrésistibles.

En effet, elle était persuadée qu'elle ne suscitait l'intérêt d'aucun garçon. Son passage, pour elle, demeurait inaperçu. Donc, l'idée de plaire ne s'inscrivait pas dans son esprit. Pourtant, contre sa volonté et loin de ses croyances, les regards masculins qu'elle ne prenait pas au sérieux s'accrochaient à son passage sur sa silhouette. Séduire devenait une surprise, un jeu qu'elle acceptait sans prétention. Avec un naturel déconcertant, elle n'y accordait pas d'importance. C'était sa force. Dès lors, une question se posait. Les garçons, la trouvaient-ils attrayante parce qu'elle possédait la beauté qu'elle ne reconnaissait pas en elle ou bien était-ce l'adoption de son attitude détachée qui la rendait assez énigmatique à leurs yeux ? Cela dit, une cour de jeunes individus papillonnait autour d'elle, dont Romain qui se tenait à l'écart de la concurrence et la regardait de loin. Elle s'entêtait avec une inconscience insolente et déconcertante face à son succès, Romain ne pouvait s'affranchir de sa timidité et excluait l'idée du premier pas vers elle. Des bruits couraient qu'elle n'honorait pas ses rendez-vous amoureux quand elle en acceptait un, ou encore qu'elle rompît immédiatement après un flirt, répondant à son cœur glacé, désintéressé, dépourvu de sentiment. Aucun, cependant, ne la traitait d'allumeuse, elle ne provoquait pas les avances, elles parvenaient à elle sans effort. Son sourire aimantait les regards. Elle s'en moquait. Aucun jugement n'agrippait sa réputation ni ne la noircissait.

Par hasard, ils se retrouvèrent, loin du lycée. De Romain, elle tomba amoureuse. Un coup de foudre. Une passion dévorante. La surprise fut de taille pour elle qui ne s'attachait à personne. Elle ne l'avait pas remarqué au collège, il restait caché en arrière-plan, un figurant parmi les acteurs sur le devant de la scène. Leur rencontre se produisit pendant un travail saisonnier. Dans un champ de pommes. Ils ramassaient celles déjà mûres, tombées sur la terre ou les détachaient des arbres en les faisant tourner sur elles-mêmes. Ils se croisèrent à travers les sillons, heureux de se retrouver au milieu d'inconnus. Le soir, après leur labeur, ils bavardèrent, découvrirent leurs points communs jusque-là sous-estimés. Tous les deux adoraient les sports aquatiques. La timidité de Romain diminua, il prit de l'assurance, il n'avait plus d'adversaires à combattre à la campagne, le lieu se prêtait à aller au bout de ce qu'il n'avait pas encore osé avec elle, lui dire qu'elle lui plaisait. « Tu vois cette pomme, quand j'aurai fini de la manger, je t'embrasserai ». Elle avait ri, à la fois amusée et séduite pour la première fois. Et il avait déposé un baiser sucré, un élixir d'amour sur ses lèvres. Depuis, ils ne se quittaient plus.

Lui, fou de plongée, elle, de sport à voile, ils rêvaient de vivre de leur passion. Romain s'immergea dès l'âge de six ans. Pour Noël, sa mère lui avait fait cadeau à l'époque d'un équipement approprié. Il effectua son apprentissage en milieu marin, puis ses premiers exploits. Tout ce qui le reliait à la mer l'enchantait. Il raffolait aussi d'apnée et de pêche. Le dimanche, il partait avec son père muni du matériel pour récolter des poissons. Tous deux s'installaient au bord des rochers, la tête recouverte d'une casquette. Ils restaient des heures debout en silence face à l'immense masse d'eau. Son père lui inculquait cet art avec recueillement.

Romain devint entraîneur de plongée et Flore, monitrice de voile. Il travailla tout d'abord comme saisonnier. Flore, quant à elle, transmettait son savoir sur les techniques fondamentales de navigation au sein d'un centre nautique. L'école enseignait plusieurs pratiques : la planche à voile, le funboard ou le kitesurf. Elle formait ses élèves à la confection des nœuds marins, à l'art de gréer un bateau, de dresser un mât, de manier les cordages, sans oublier les manœuvres : barrer, virer de bord, affaler une voile, hisser un foc ou un spi. Et bien sûr, en priorité, les règles de sécurité dont la première reposait sur l'utilisation d'un gilet de sauvetage. Elle apprenait aux néophytes à s'orienter sur un plan d'eau et à se placer en fonction des vents et des courants.

Tout alla très vite. Une fois en ménage, Flore donna naissance à un fils, Gabriel. La mère de Gabriel vantait la condition physique de son mari engagé dans une profession qui bannissait de toute façon l'idée même de l'exercer différemment. Pendant l'effervescence touristique, la période estivale garantissait un travail dans la région. En revanche, l'hiver il se raréfiait, seule l'aide des allocations de chômage permettait de patienter jusqu'au retour du printemps. Pour remédier et mettre un terme aux épisodes répétitifs alternant emploi et inactivité, Romain reprit le magasin d'un homme retraité qui vendait des équipements de plongée. Il tira profit des conseils et de l'expérience du propriétaire et conserva une partie de sa clientèle, fournisseurs et volume de ventes. Le reste du temps, il donnait des cours de plongée en milieu naturel et en piscine. Flore, de son côté, dotée d'un brevet professionnel travaillait dans un centre nautique à Juan-les-Pins où elle exerçait toujours sa passion d'éducatrice de voile. Ils achetèrent une maison. Ce fut dans la villa de ses parents à Antibes que grandit Gabriel.

Durant ses heures de loisir, Romain plongeait seul. Il s'accordait cette détente coutumière et cette liberté retrouvée pendant les heures de fermeture de son magasin, un moment idéal et propice pour pratiquer son sport favori. Mais de temps à autre, il cédait l'heure du déjeuner à sa passion et se restaurait ensuite d'un sandwich avalé sur le pouce acheté dans un commerce proche de sa boutique.

Les grands-parents gardaient parfois leur petit-fils dans leur villa à Cagnes-sur-Mer située à une dizaine de kilomètres d'Antibes. Or, pour des raisons de commodité, bien souvent, Flore employait une étudiante chargée de veiller sur Gabriel pendant leur absence. L'enfant jouait dans le jardin avec Juliette, la baby-sitter. Quand il voyait la silhouette de sa mère au loin, juchée sur son vélo qu'elle enfourchait quotidiennement pour se rendre au travail, il courait vers elle et se jetait dans ses bras. Flore soulevait Gabriel pour l'embrasser, il sentait l'odeur de la mer et le goût du sel sur sa peau hâlée tandis qu'il lui rendait son baiser et que ses longs cheveux blonds mouillés humectaient son tee-shirt d'eau salée. Les yeux bleus de Flore, dont l'intensité s'amplifiait avec l'été sur sa carnation dorée, impressionnaient l'enfant. Elle lui souriait, heureuse. Il lui racontait ses jeux de l'après-midi avec Juliette.

Puis, le drame se produisit. Le très jeune Gabriel de l'époque ne comptait désormais plus le nombre de fois où après l'accident sa mère lui relata cette histoire. Fidèle à son habitude, Romain était parti plonger. L'enfant n'évalua pas le temps qui s'écoula ensuite, un délai sans importance qui ne représentait pas une quantité mesurable à son âge. Quand sa mère réapparut longtemps après le déclin du jour, le visage transformé par l'inquiétude qui lui ôtait le bonheur qu'elle exhibait plut tôt, elle dit : « Ton père n'est pas encore rentré ! »

Un constat s'entendait dans l'intonation de sa voix qui ressemblait autant à une interrogation qu'à l'affolement d'une mère habituée à ce que son mari rentre toujours à l'heure. L'enfant demeurait en dehors de tout soupçon, pendant qu'elle était hantée par l'idée d'une trahison, qu'elle accumulait ses incertitudes comme un fouillis qui s'affichait sur sa face dépitée.

Puis le noir de la nuit s'intensifia et l'agitation de Flore aussi. Gabriel dormait déjà quand un bruit de voix étouffée, à la limite de la clandestinité se faufila jusqu'à sa chambre et le réveilla. Même s'il entendait des paroles qui lui parvenaient, proche d'une chuchoterie, qu'il comprenait peu de choses à la conversation éloignée, il discernait un danger. Il demeura blotti sous les draps. Flore ne ferma pas l'œil de la nuit soucieuse de recevoir des nouvelles de son mari. Durant cette attente interminable, elle imaginait Romain dans les bras d'une femme sans y croire. Non, impossible. Dès qu'elle songeait à un malheur, elle préférait revenir à l'hypothèse d'une maîtresse pour lui bien qu'aucune version ne soit en mesure de lui ôter sa souffrance. À l'aurore, les traits tirés de fatigue due au manque de sommeil et à un espoir trop long, elle sursauta à la sonnerie du téléphone. Les secours lui annoncèrent que Romain avait été victime d'un accident de décompression. Remonté trop vite à la surface de l'eau, l'azote s'était dilaté dans le sang, il avait succombé.

Gabriel côtoya donc la mort pour la première fois dès son plus jeune âge. Celle de son père ne le marqua pas outre mesure. Voilà l'avantage de l'insouciance, de l'inconscience de la petite enfance où la mémoire n'imprègne pas les événements comme celle d'un adolescent ou d'un adulte.

Plus tard, à l'âge de six ans, ce fut au tour du papy de quitter le monde des vivants à la suite d'un cancer de la prostate qui s'était généralisé à l'ensemble de son corps. De ce décès, il gardait en souvenir un être étendu dans le cercueil installé au bout du lit dans la chambre où le couple avait coutume de dormir. La peur l'avait envahi à la vue du visage froid, gris, immobile. Sa mère Flore l'avait contraint à pénétrer dans la pièce pour déposer un dernier baiser sur le front du vieillard. Il n'en avait pas envie, assez effrayé à l'idée d'embrasser un mort. Puis ce fut l'heure de la grand-mère des années après. Elle s'était levée la nuit pour aller uriner, elle s'était pris les pieds dans le tapis, la chute avait provoqué une fracture du col du fémur ce qui l'avait obligé à entrer à l'hôpital. Après l'opération, victime d'une embolie pulmonaire causée par une position couchée prolongée, elle était morte. Le soir où son fils Patrick, le frère de Flore lui avait rendu sa dernière visite, elle avait agité la main, lui avait souri dans un signe d'adieu avant qu'il ne déserte la chambre.

Après la disparition de Romain, Gabriel eut droit avec la régularité d'un métronome à l'ouverture de l'album photos toutes les semaines. Sa mère présentait chacune d'elles et son index, pointé sur les images, servait d'escorte à son récit. Grâce à elle, au fil des années, Gabriel put se représenter son père de son vivant. Durant son enfance, il construisit un univers irréel du parent absent qu'il transforma en héros. Il admirait les muscles de Romain engoncé dans sa combinaison noire de plongée, le dos chargé de bouteilles d'oxygène. Tout dans les images profitait à son imagination fertile, à ses yeux de môme écarquillés devant une créature forte et puissante. À partir d'un maigre souvenir fragile, lui qui l'avait si peu connu, il greffait sur des photos offertes par sa mère des morceaux de vie à celui qui les avait quittés pour l'éternité. Il inventait des histoires, attribuait à son père disparu un rôle pour chacune d'elle. Pour s'amuser, il dialoguait avec son héros imprimé sur le papier glacé, caressait ses cheveux roux très courts, se projetait à l'âge adulte et imaginait qu'il porterait comme lui la barbe, il imitait son sourire. Parfois, il emportait une quantité de clichés dans la salle de bain et face au miroir, il plaçait le rectangle brillant contre sa joue afin de comparer les ressemblances avec son père. Quand Flore passait par là, elle jetait un coup d'œil à la dérobée et volait à son fils une part de son intimité. Par-dessus tout, devant les films où il voyait son père en pleine action, la curiosité de Gabriel s'intensifiait. Alors, depuis la caméra, les représentations vivantes de Romain l'impressionnaient. Son corps s'animait, existait dans l'image qu'il ne pouvait cependant toucher que du regard. Néanmoins, l'onirisme se réduisait. Parler à son fils du plongeur disparu soulageait Flore, mais la conviction que sa mère s'enfermait dans le passé déclenchait l'envie de la secouer afin qu'elle s'évade de sa prison intérieure. La métamorphose se produisit à la suite d'un long deuil.

Flore marchait chaque jour dans les pas des souvenirs au goût de cendres depuis qu'elle remplaçait désormais au magasin le défunt mari. Elle s'interdisait un nouvel avenir. Car l'amour des parents de Gabriel, aussi fort et engagé que le métier à risque qu'ils exerçaient n'avait pas sa place sur la liste de ceux qui s'unissent par peur de la solitude, pas davantage par intérêt.

Un matin, elle cessa pourtant de regarder derrière elle. Une volonté et un courage flottants l'animaient depuis quelque temps qui prit l'ascendant sur le passé. Elle créa son entreprise. Un défi qu'elle se lança comme un dépassement d'elle-même devenu nécessaire pour se projeter après l'épreuve du deuil. Réinventer sa vie. Avec les gains de la vente du magasin elle ouvrit son restaurant.

Bientôt, l'activité de son entreprise ne lui laissa plus le temps à l'apitoiement. Elle côtoyait du monde, une clientèle aisée, éphémère et superflue, un contact purement commercial, et toute cette effervescence amenait dans sa vie une note de légèreté dont elle se servait comme un moyen d'évasion et de reconstruction. Elle gagna peu à peu la rive d'un équilibre neuf, d'une dignité retrouvée, d'une trajectoire à sa vie. Elle avait vaincu le mal par l'action. Elle ressentit de la fierté le jour où l'enseigne du restaurant « Les pieds dans l'eau » fut gratifiée d'une étoile et entra dans le guide Michelin. Le lundi, jour de fermeture hebdomadaire, elle emmenait Gabriel s'initier à la planche à voile. Elle prenait plaisir à lui transmettre les connaissances de son précédent métier. Par la suite, quand le jeune garçon fut en mesure d'appliquer les leçons de sa mère sans son aide, elle le déposait devant le centre nautique puis elle partait skier en mer. En fin d'après-midi, ils se retrouvaient, enfourchaient leur vélo, sillonnaient la côte jusqu'à l'heure du coucher du soleil.

Flore demeura célibataire. Elle partageait son temps entre son rôle de chef d'entreprise et l'éducation de Gabriel, elle mettait tout en œuvre pour compenser l'absence de Romain. Ne pas remplacer son mari par un autre homme évitait d'imposer un beau-père à son fils dont l'amour n'atteindrait jamais la hauteur d'un vrai père à ses yeux.

Comme si tous ses sacrifices ne suffisaient pas, elle lui transmit à son insu l'idée que la vie s'expérimente comme un chemin de bataille, que l'issue d'un but ne voit le jour que grâce à la solidité et l'endurance de ses engagements. À l'adolescence, avec ces avertissements ancrés dans son esprit, Gabriel envisagea d'entreprendre les études de médecine.

Bien avant cet épisode, il convoitait de reprendre le flambeau de son père, devenir moniteur de plongée. L'influence provenait d'une salle de jeux aménagée dans le grenier où Flore avait entreposé le matériel de Romain. L'enfant vidait la malle de tout l'attirail de plongeur, se déguisait de l'habit trop grand pour lui, construisait le rêve d'explorer les fonds marins, d'y découvrir moult trésors. Les profondeurs le fascinaient et quand il confia à sa mère le souhait qu'il cultivait, elle le découragea. Dans ce refus catégorique, se nichait le souvenir tragique de la disparition de son mari.

À la peur, se cumulait la superstition que l'histoire ne se répète pas, les traumatismes anciens remontaient à la surface, l'empêchaient d'accéder à une autre alternative que le rejet de cette perspective pour son fils. En dépit de l'opposition qu'elle affichait, Flore éprouvait une peine secrète à contrarier Gabriel.

Une carrière de médecin l'enchantait. Elle se saisit de l'occasion pour rabâcher les principes du combat de l'existence. Les mots résistance, prépa-

ration, endurance, patience, maladie et mort ponc-
tuaient son slogan de mise en garde, battaient la
mesure du futur avec lequel il devrait composer.
Gabriel répliqua « guérison aussi ». Flore ne se re-
trouvait-elle pas dans l'étau d'un paradoxe, entre
l'envie que son fils triomphe des difficultés et la
peine de le voir s'éloigner d'elle d'un moment à
l'autre ? Il partirait à Paris à la rentrée où débute-
rait sa première année d'études de médecine.

GABRIEL

CHAPITRE 3

Paris, septembre

Si pour certains, Paris se découvre dans un enchantement, pour le jeune homme de dix-neuf ans natif du sud de la France qui y avait passé toute son enfance puis son adolescence, Paris se révéla d'abord comme une perte de luminosité. C'était broyer du gris au premier coup d'œil. Le ciel, une chape de plomb uniforme, l'accueillit dès son arrivée dans la capitale. En plus, il y faisait déjà froid en ce début de septembre. Jamais il n'avait vu une voûte céleste plus monotone, dénuée de toute couleur, lui qui avait grandi du côté de la méditerranée.

Bien sûr, là-bas aussi, le temps maussade n'était pas exclu, mais c'était des nuages aux nuances variées et vibrantes qui s'amoncelaient. Alors qu'ici, un ciel plat. Et quand le soleil triomphait, sous une lueur pâlotte, sans intensité, il passait d'un gris à un bleu délavé.

À ce constat, s'ajoutait un environnement cacophonique, un cocktail de bruit de voiture confondu à une agitation humaine singulière, où seules les bousculades et l'indifférence des hommes et des femmes occupaient la place d'honneur. Il ressortait du métro une atmosphère caractéristique. Toujours du raffut, pas le même que celui de la rue, car on ne peut pas dire « du plein air » à Paris, mieux vaut parler du dehors ou des boulevards, et le fracas des portes des wagons qui claquaient derrière une sonnerie stridente, celle qui annonçait aux voyageurs de se dépêcher avant qu'elles ne se referment sur eux. Un métro toutes les deux minutes n'empêchait pourtant pas des passagers trop pressés de se faire prendre en sandwichs, coincés entre les deux battants, écrasés après avoir couru comme des fous et dans une envolée s'être jetés entre elles dans l'espoir de ne pas rater son train. Toutes les deux minutes ! Et l'odeur de l'air vicié, dès qu'on pénétrait dans l'antre du métro, avec ses relents de brûlé, d'urine et de marron chauds qui piquait les narines. À l'intérieur des wagons, des effluves multiples d'eau de toilette, de transpiration, de clochards négligés, de puanteur de pieds cohabitaient en un bouquet de la vie parisienne, loin des champs. C'étaient sans compter les rames bondées de monde à l'heure de pointe où les hommes et les femmes s'entassaient, se bousculaient, se pressaient les uns contre les autres le nez écrasé contre la vitre. Sur le quai du métro, on pouvait voir les visages ternes des habitants. L'hiver, comme un rappel à la couleur du ciel, les manteaux gris se propageaient telle une épidémie sur le dos des passants comme pour ne pas dépareiller avec le climat ambiant ou par mimétisme inconscient. Et puis, pourquoi les Parisiens faisaient-ils remarquer l'accent chantant des gens du sud ? Ici, Gabriel découvrait un autre monde, à l'intonation plus pointue, plus froide, loin des paysages du midi de la France.

Pour chaque déplacement dans la ville, le temps de trajet, vertigineux, se décuplait considérablement. Gabriel ne pouvait les comparer aux distances parcourues en province. À Paris, le peuple circulait sous terre ou dans les embouteillages. Dans les mois qui suivirent son arrivée dans la capitale, la découverte des musées, de ses beaux quartiers : Saint-Germain-des-Prés, le Marais, Les Tuileries et le Louvre, l'Opéra, les Champs-Élysées, le Sacré-Cœur, l'esplanade des Invalides, la tour Eiffel, la cathédrale Notre-Dame révéla au jeune provincial des contours plus flatteurs, réconciliateurs qui le consolèrent du climat pluvieux et de son mode de vie frénétique. Les bars et les restaurants ouverts à toute heure reflétaient une vie nocturne incroyable, des côtés excitant et absents hors des grandes métropoles.

Si la solitude des débuts l'effrayait, ses nouvelles relations l'en éloignaient naturellement, ne lui permettaient pas de cogiter seul dans son coin. Il logeait au sein d'une résidence, dans un appartement en colocation avec des élèves. Le lieu, agréable, verdoyant, limitrophe de la tour Eiffel et du quartier Montparnasse facilita son intégration. Dans les espaces communs, les universitaires se retrouvaient, partageaient, échangeaient leurs connaissances.

Des repères neufs, de nouvelles habitudes rythmaient son quotidien. Il rencontra Rémi à la faculté qui devint son meilleur ami. Il travailla d'arrache-pied la première année, sans relâche, avec l'objectif de ne pas baisser dans le classement et d'obtenir le concours pour l'année d'après. Dans les moments de profond découragement, il s'en remettait aux conseils de sa mère, il lui demandait son avis, il revenait puiser à la source d'un véritable soutien, de son expérience. Parce que c'était dur, elle le lui avait dit, il était prévenu. Après plusieurs mois d'adaptation, il espaça les appels téléphoniques avec Flore, et ne prenait plus de ses nouvelles qu'une fois par semaine.

Il recouvrait son lit et le sol de ses cours. Lorsque le réveil sonnait, il attrapait son manuel de leçons rangé sur la table de chevet et commençait à travailler sans avoir pris son petit-déjeuner. Il optimisait son temps. Le duo qu'ils formaient lui et Rémi, ne tarda pas à s'élargir : Joël, Clémence, puis Pierre et Nathalie les rejoignirent. Une troupe miniature d'amis.

Que Gabriel n'ait pas décroché après sa première année d'étude le rendait fier. D'ailleurs, Flore ne put voir son fils qu'une fois au cours des douze premiers mois quand elle parvint à se libérer de ses contraintes, lorsqu'elle délégua ses responsabilités à son personnel le temps de son voyage à Paris. La réussite du jeune garçon devenait un motif dépendant de la renommée de son restaurant déjà bien en place qu'il fallait maintenir afin d'assumer le frais de ses années d'études.

Gabriel suivit son cursus d'élève en médecine avec succès jusqu'à la sixième année. Il rythmait ses déplacements de Paris au sud de la France, retrouvait sa mère, le restaurant, l'autre mer, et les couleurs du pays natal. Lors d'une de ses visites, il interrogea sa mère sur son célibat qui durait : « Quand vas-tu refaire ta vie avec un homme ? ».

Elle prit un air étonné puis éclata de rire. Non, il ne devait pas se soucier d'elle, elle s'accoutumait à la solitude, il devait se concentrer sur sa carrière, l'activité de l'établissement l'occupait pleinement, un homme prendrait trop d'espace dans sa vie. Moqueuse, elle ajouta :

— Tu peux parler ! Tu ne me dis pas grand-chose de tes amours.

Lui, il ne se préoccupait pas de la chair, priorisant ses études, il n'avait pas envie non plus de livrer ses aventures passagères, celles oubliées le corps à peine rhabillé.

Il rétorqua :

— J'ai de l'avenir devant moi, j'y songerai plus tard. Comme s'il ne pouvait rien lui arriver. Son insinuation n'échappa pas à sa mère plus âgée, qui elle, devait se presser. Elle grimaça, leva les yeux au ciel, dit dans une pirouette :

— C'est toi mon petit homme !

Il conclut cette conversation par un clin d'œil délibéré et plein de connivence qui déclenchait un sentiment égoïste d'appartenance puisqu'aucun homme n'avait réussi à prendre la place de son père ni la sienne. En dépit de ses affirmations, il décelait sur le visage de sa mère une fêlure secrète. Mais, hésitant, il s'interdisait de la questionner.

La médecine l'avait changé. Il avait dû accepter l'idée, que dans ce domaine, il se confronterait aux limites de la guérison. Il s'était déjà retrouvé en face d'une clientèle atteinte de maux incurables qui séjournait pendant longtemps dans les hôpitaux. Bien souvent, il avait affaire à des personnes âgées auxquelles il prodiguait des soins sans espoir de les remettre sur pieds après une affection.

D'autres, qui ne pourraient pas s'en sortir ou bien dont la maladie très grave se transformerait en un prolongement de vie hasardeux. Dans cette carrière, il fallait trouver un équilibre. Être efficace, devenir imperturbable, détenir une vision objective des souffrances, prendre les décisions et être l'empathique, c'est-à-dire philanthrope, s'intéresser non seulement à la maladie des patients, mais également à la manière dont ils la vivaient, à leur histoire.

Son humanité et sa sensibilité avaient dû faire face aux situations imprévisibles, s'adapter devenait le mot d'ordre. Aussi brillant soit-il, puisqu'il avait réussi toutes les étapes de ses études, ses camarades lui collaient la réputation d'être présomptueux et se moquaient du sérieux que lui infligeait le port des lunettes. Gabriel rétorquait : « Avec le métier que j'ai choisi, je préfère ne pas avoir l'air d'un clown ».

Sa lèvre supérieure affichait un rictus chargé d'ironie qui lui donnait une mine pincée. La contraction à peine décelable jetait une lueur sarcastique dans son regard bleu, à moins que ce ne soit la marque de la vanité impossible à dissimuler ou d'un aplomb, d'une confiance en soi indéfectible.

CHAPITRE 4

Gabriel boit un café en ne songeant qu'à son départ précipité qu'il doit organiser dans la matinée. Le jeune homme repère une place disponible sur un vol Paris Nice puis réserve son billet d'avion. Autant d'actions qui l'éloignent momentanément de la douleur même si cette occupation sert les conséquences d'une triste nouvelle. Il remplit un sac de voyage d'effets personnels, enfile le premier jean à portée de main ainsi qu'un tee-shirt froissé choisi au hasard et rejoint son ami Rémi qui l'attend dans sa voiture. La tête lourde et le regard vitreux, ils se saluent dans une accolade éprouvante avant de prendre la route en direction de l'aéroport d'Orly. Les deux hommes portent la barbe et une moustache depuis quelques semaines, depuis qu'ils avaient engagé le pari de ne plus se raser. Sur le trajet, les deux compagnons demeurent calmes, avares de paroles. Accablés autant qu'inquiets, moroses et fatigués, ils échangent juste quelques propos étouffés dans l'habitacle du véhicule. À l'entrée du terminal, avant la séparation, Rémi tapote l'épaule de son ami en guise de soutien moral et formule un banal « Courage mon vieux », car dans ces moments-là, se taire est pire que n'importe quelle fadeur.

Une heure de vol sépare Paris de Nice. À l'arrivée, Gabriel hèle un taxi qui le conduit jusqu'à Antibes. Le véhicule longe la promenade des Anglais et la mer d'huile d'un bleu verdâtre dont les flots piqués d'éclats de lumière ressemblent à des diamants éparpillés. Il songe à son oncle Patrick qui doit être effondré. La vitre à demi ouverte, il reconnaît la faible odeur de l'air marin venu lécher ses narines laquelle empiète sur l'intensité de la circulation et les émanations des pots d'échappement. La luminosité du paysage offre une disproportion fulgurante, insolente, presque indécente qui contraste avec ses pensées sombres. Toujours en côtoyant le bord de mer, avant d'atteindre Antibes, le chauffeur de taxi dépasse Saint-Laurent-du-Var, puis Cagnes-sur-Mer, cette ville pleine de souvenirs d'enfance. Il revoit le mimosa au mois de février dans la cour de la villa de ses grands-parents paternels, les branches qui ployaient sous le poids des grappes d'un jaune éclatant. Enfant, il contournait la maison, s'inventait des histoires dans le jardin potager de sa grand-mère où il aimait rôder entre les allées. Un quartier calme et résidentiel. Depuis leur mort, il refuse d'y retourner. Il n'en voit plus de motif.

Le chauffeur de taxi le dépose devant la gendarmerie d'Antibes, un bâtiment aux murs ocrejaune. Il sort du véhicule, avance vers l'embrasure de la porte d'un pas flageolant. Le soleil brûle sa peau autant que la douleur qu'il ressent. Dès qu'il pénètre dans l'enceinte de l'établissement, le rythme de son cœur s'accélère, sa gorge se noue, la réalité l'affronte de plein fouet. Depuis plusieurs heures, son mental est dans un halo flou, brouillé par un voile persistant qui le maintient perdu dans un paysage dénué d'horizons.

L'image de son cauchemar resurgit, il se revoit en train de tressaillir à son réveil. En ce moment, il ne dort pas, ne rêve pas, le soleil est au zénith mais il ne va pas se réveiller, il vit l'horreur. L'ordre des événements s'est inversé. L'envie de faire demi-tour le guette. Que la nuit revienne vite, qu'il se repose et que le malheur s'efface comme il est venu.

Il approche de l'accueil puis au moment de s'exprimer sur les raisons de sa présence, sa voix se liquéfie. On le fait patienter. En ce lieu à la fois vieillot et sécurisant, règne une atmosphère mêlée d'austérité, d'ennui, auquel s'ajoute l'odeur des uniformes et des paperasses administratives. Il ne parvient pas à distinguer si ce sont les circonstances pour lesquelles il est assis là qui lui procurent cette sensation de lourdeur ou bien si cet endroit lui aurait paru tout aussi chargé de pesanteur dans une autre situation.

Aucune larme dans ses yeux, le choc les bloque, les emprisonne dans les méandres des tissus. Il se le reproche presque. C'est un officier qui le sort de la léthargie. Au fond du couloir, la porte d'un bureau grince en s'ouvrant, un homme en uniforme apparaît, à ses côtés, la silhouette de son oncle Patrick lui emboîte le pas. Gabriel ne s'attendait pas à le voir ici. L'oncle lève ses yeux rougis et gonflés par les larmes en direction de son neveu, il se rapproche au pas de course, le prend entre ses bras, fond en pleurs. Gabriel le soutient des deux mains au niveau des épaules, redresse le corps, se dégage de l'étreinte puis se tourne vers l'officier et annonce :

— Je suis Gabriel Moreno, le fils de la défunte. C'est mon oncle.

Le gendarme, empreint de solennité, lui tend la main, formule les condoléances d'usage et le conduit dans son bureau. D'un regard, Gabriel indique à Patrick de l'attendre. Puis il lit le rapport de l'enquête que lui remet le gendarme : un individu de sexe masculin, en train de faire son jogging a vu Mme Moreno tôt sur la plage. Alertés, les secours puis les gendarmes se sont rendus sur place. Flore retrouvée inconsciente, ne respirait déjà plus et les tentatives de réanimation des premiers secours n'ont pas réussi à la mettre hors de danger. La découverte tardive, au matin, du corps qui gisait là depuis plusieurs heures, rendait le travail de sauvetage perdu d'avance. L'autopsie a révélé qu'il s'agissait d'une noyade. Restait la raison de l'accident, le seul point impossible à déterminer : imprudence ou acte suicidaire ? Une interrogation se glisse dans l'esprit de Gabriel : comment a-t-elle pu se noyer alors qu'elle était monitrice de voile dans sa jeunesse, qu'elle savait parfaitement nager ? Et pourtant, aucune trace de violence n'avait été relevée sur le corps.

L'officier l'informe que le corps repose à la morgue, qu'une seconde autopsie a lieu en vue de certifier les premières conclusions. Une fois dehors, Patrick et Gabriel partent identifier Flore à la morgue. Puis Gabriel retourne dans la maison familiale où plus personne ne l'attend. Les jours passent, le résultat de l'analyse prouve le décès par noyade. L'enterrement de Flore s'ensuit.

CHAPITRE 5

Devant le portail de la maison de son enfance, une belle bâtisse au toit de tuiles couleur brique, le lieu déserté accentue son chagrin. Tout à coup, toutes les années antérieures à la mort de Flore se regroupent en un flot discontinu d'images. Gabriel a vécu jusqu'à présent sans se retourner sur le déroulement de sa vie confortable et heureuse qui n'a pas laissé de place à la mélancolie. C'est le drame qui le ramène sur les traces d'un temps ancien. Dans son désarroi, les larmes se jettent hors de lui, roulent sur ses joues. Il lève la tête vers le palmier planté dans un coin du jardin, là où il jouait enfant, tente de se raccrocher à de la vie. Il fixe des yeux les grandes lames frangées vertes et courbées, figées dans leur indifférence à sa peine.

L'herbe, l'olivier, les pins parasols aux abords de la maison, tout un jardin endeuillé.

Il reprend ses esprits et franchit le seuil de la maison. Le canapé dans le salon, les coussins égrenés de-ci de-là sur le tissu épais, la table en bois massif que trois chaises encerclent et dont un dossier retient un gilet à califourchon, les rideaux qui encadrent chaque côté de la baie vitrée, toute la pièce vibre encore de la présence de Flore et semble attendre son arrivée imminente. Il ouvre la fenêtre, il n'y a aucun bruit au-dehors, même le vent qui aurait pu, par le frémissement de son souffle dans les feuilles des arbres le soulever à la tristesse reste muet. Dans ce vertige de l'absence, il pose son sac de voyage sur le sol, se dirige dans la cuisine, avale un grand verre d'eau. Tout résonne. Le moindre geste. En fin d'après-midi, l'oncle Patrick l'appelle : « Tu viens dîner à la maison ce soir ? » Il le remercie. Il n'ira pas, il a besoin de rester seul. Gabriel songe qu'il va falloir vendre le restaurant de Flore, alors il demande :

— Tu ne connais pas quelqu'un intéressé par l'achat d'un restaurant ?

— Tu veux vendre ?

— Oui, je ne peux pas faire autrement. Mais je garde la maison familiale.

— Je connais quelqu'un qui serait peut-être intéressé pour racheter le bien, je vais lui en parler. Gabriel le remercie puis s'excuse une dernière fois de ne pas honorer l'invitation au dîner, mais il est fatigué.

— Combien de temps restes-tu ?

— Tout l'été.

— On a le temps de se revoir alors. Si tu changes d'avis au dernier moment, tu seras le bienvenu pour partager le repas ce soir, tu sais où me joindre. Allez, bonsoir fiston.

Son oncle l'appelle fiston. Avec sa femme Isabelle, ils ne pouvaient devenir parents, envisageaient l'adoption, une option devenue vite fastidieuse et décourageante dont ils abandonnèrent le projet. Son affection pour Gabriel est proche de celle d'un père. À la mort des grands-parents paternels de Gabriel, Patrick et sa sœur Flore se voyaient plus fréquemment, la disparition de leurs parents les avait rapprochés. Maintenant que Flore aussi a succombé, Patrick n'est plus entouré que de sa femme et de son neveu.

Le gouffre de l'absence dans lequel vit Gabriel depuis ces dernières heures s'atténue le temps de ces quelques paroles échangées avec son oncle. Il reprend courage et réfléchit à un mémorial qu'il souhaite poster sur Facebook, mais la lassitude accumulée tout au long de cette rude journée l'empêche de trouver les mots justes. Il reporte son intention au lendemain quand il sera plus reposé.

Il ouvre le frigidaire où traînent esseulés comme lui des yaourts et un reste de beurre, rien de bien consistant pour établir un menu. Il sort acheter des courses. À l'heure du dîner, le jeune homme, l'estomac vide depuis le matin, affamé, dévore chaque plat. Il cherche une consolation qui ne vient pas, si bien que même repu, il continue à s'empiffrer comme un boulimique qui ne trouve refuge que dans la nourriture. Le ventre plein, gavé, il se couche enfin, s'endort en souhaitant que le sommeil le rende amnésique.

Les heures de repos font semblant de jouer les magiciennes jusqu'à son réveil, où l'esprit encore confus, il ne se souvient plus de rien. Mais en une fraction de minutes supplémentaires, son cerveau émerge complètement de l'utopie de la nuit et le cauchemar de la veille, bien réel, revient assaillir ses pensées. Naufragé du matin, il se lève la tête sous l'eau. Il ingurgite un café puis prend une douche qui le remet d'aplomb. Aussitôt après, il se dirige vers l'ordinateur posé sur le bureau en bois massif du séjour.

Là, il fouille dans les tiroirs à la recherche des identifiants du compte Facebook de Flore, sa main heurte un carnet qu'il sort et feuillette. Outre des adresses et des numéros de téléphone, il contient plusieurs informations, le code de sa carte bancaire, des mots de passe de plusieurs sites internet sur lesquels sa mère avait l'habitude de naviguer et les codes de son compte Facebook.

Il démarre l'ordinateur et arrive sur la page de publicité du restaurant « Les pieds dans l'eau ». Des photos de l'établissement vu de l'extérieur, son intérieur, la terrasse et la vue sur la mer à laquelle il fait face s'affichent. La carte du menu est présentée, les prix et des vidéos alléchantes complètent la page sur l'écran. On peut voir sur une vidéo le chef cuisinier en train de préparer un dessert. Maints commentaires élogieux se déroulent sous ses yeux. Les compliments d'une clientèle d'habitués qui vantent la qualité culinaire et le service, recommandent la table du restaurant, s'ensuit la lecture des remerciements écrits par Flore à ses clients. Il poste le mémorial pour sa mère, puis tape Flore Moreno dans le moteur de recherche. Son profil Facebook apparaît, il le parcourt. Au cours de sa navigation, il redécouvre des photos de voyage qu'elle a partagées. Le nombre d'abonnés s'affiche, pas celui de ses amis qu'elle a gardé invisible du public. En haut à droite de la page, il ouvre l'icône *messenger* et tombe par hasard sur une conversation qui retient son attention.

Curieux, il lit son contenu rapidement puis revient sur le premier message envoyé par un certain Alex Dambri qui a l'air de connaître sa mère : *vous vous souvenez de moi ?*

La surprise de Flore dans sa réponse : *Alex ? Le guitariste ? C'est bien vous ?*

Elle le vouvoie, ils n'en étaient pas aux relations intimes, à un rapprochement qui ouvre la voie au tutoiement, à l'amitié.

Alex : *exact !*

Flore : *pourquoi êtes-vous parti comme un voleur ? Je n'ai vraiment pas compris votre comportement.*

Alex : *j'avais mes raisons.*

Flore : *et bien justement, j'aimerais les connaître. Je me suis inquiétée, vous ne répondiez plus au téléphone.*

Pourquoi s'était-il sauvé sans explications ? Qu'avait-il à se reprocher ? Pourquoi jouait-il avec ses nerfs, tendait-il au mystère ?

Et la conversation se poursuivait ainsi, étalée sur plusieurs jours. Perplexe, il fait une recherche et arrive sur le profil d'Alex Dambri qu'il parcoure dans le détail dans l'espoir d'y découvrir son visage, d'avoir une idée de son âge, de cerner ses centres d'intérêts, mais rien, l'image qui fait office de photo de profil est remplacée par un paysage quelconque et aucun autre indice ne permet de l'identifier. Son profil reste minimaliste. Déçu, il retourne à la lecture du dialogue tenu entre Flore et cet inconnu pour lui.

Alex : *je ne reprends pas contact avec vous pour m'expliquer ni pour me justifier.*

Les propos directs, sans détour, secs offrent l'avantage de poser des bases claires même s'ils manquent de sympathie.

Flore : *pourquoi alors ?*

Alex : *ce serait trop long à raconter. Pour résumer, je dirais que vous avez détruit ma vie.*

Flore : *détruit votre vie ? Je ne vous suis pas. J'ai tenté de vous aider en vous donnant l'occasion de gagner de l'argent. Vous aviez l'air perdu.*

Alex : *je ne détenais pas de contrat. C'est ce qui s'appelle du travail au noir non ? Mais c'est un autre problème, d'une gravité moindre que celui que j'évoque dans la lettre que je vous adresse.*

Elle, à la tête d'une entreprise avec plusieurs salariés sous ses ordres, n'avait sûrement pas commis une pareille erreur par méconnaissance des lois. Il devait avoir l'air rudement paumé pour qu'elle perde la tête à ce point ! Ou bien elle s'est servie de lui, a remarqué son désarroi, a cru à une naïveté de sa part, a cru qu'Alex était à la recherche d'un peu d'argent de poche, elle ne s'est pas méfiée, est passée outre la légalité.

Flore : *une lettre ?*

Alex : *oui. Vous comprendrez après l'avoir lu. Je l'ai postée ce matin. En attendant, j'aimerais que vous me dédommagiez. J'ai droit à une indemnité de six mois de salaire. Vous connaissez les règles j'imagine.*

Et cette lettre, que contenait-elle ? L'avait-elle jetée après l'avoir déchiffrée ? Rangée dans un tiroir, cachée dans une armoire ?

Flore : *vous n'avez pas de preuve, qui croira que vous avez travaillé dans mon restaurant ?*

Alex : *si. Vous vous souvenez du premier mail que vous m'aviez envoyé me précisant les jours et les horaires ou je devais me rendre à votre restaurant ?*

Vous y indiquiez le nom et l'adresse de votre établisse-
ment. Voilà l'attestation. Et puis, il y a le personnel que
vous employez qui peut témoigner. Et vous, vous en-
courez une amende et trois ans de prison. Vous ne pen-
sez pas qu'il faut réfléchir ? Mais je vous l'ai dit, la
vraie raison se trouve dans ma lettre.

Flore : *c'est du chantage.*

Alex : *non. C'est de la réparation. Si vous n'ac-*
ceptez pas de régulariser ma situation, je peux avoir re-
cours aux prud'hommes. Il est préférable que l'on par-
vienne à s'entendre, ne croyez-vous pas ?

Il riposte, il sait de quoi il parle. Elle s'est éga-
rée. Il l'a coincée. La sonnerie de son téléphone
portable interrompt la réflexion du jeune homme.
Patrick est à l'autre bout de l'appareil :

— Je suis devant chez toi fiston, je peux rentrer deux minutes ?

Il ouvre le portail à son oncle. D'ores et déjà
arrivé à sa hauteur, Patrick l'embrasse chaleureu-
sement et dit essoufflé :

— J'avais envie de te voir. Tu as mauvaise
mine. Et avant même que son neveu ne s'exprime,
il l'entoure de ses bras baraqués, se recule l'instant
d'après et ajoute :

— Je ne te dérange pas au moins ? À nouveau, sans attendre sa réaction, Patrick poursuit :

— J'ai toujours eu de l'admiration pour ma sœur. Une sacrée battante ! Pas comme moi ! Et toi, toujours aussi doué pour les études ? Tu tiens de ta mère ! Je passai pour te donner des nouvelles à propos de la vente du restaurant. Tiens, voici les coordonnées d'un ami. Je te le garantis, tu vas y arriver, la réputation de l'établissement n'est plus à démontrer, dit Patrick saisissant l'occasion de jouer les conseillers en lui tendant un bout de papier sur lequel sont inscrits un numéro de téléphone et un nom : Sylvain Messier.

Son oncle, avec son diplôme de plombier en poche avait débuté jeune dans le monde du travail et parfois, il ne pouvait s'empêcher de montrer ses regrets d'avoir été un cancre à l'école et comparait la réussite de sa sœur Flore avec la sienne.

Patrick s'apprête à partir, il se dirige vers la sortie quand Gabriel l'interroge :

— Tu connaissais les fréquentations de Flore ?

Patrick retrouve un air grave et surpris, il réfléchit :

— Je n'ai jamais vu Flore avec un homme depuis la mort de ton père même si ta mère côtoyait beaucoup de monde dans son restaurant. En tous les cas, je n'ai jamais été dans ses petits secrets. Mais pourquoi cette question ?

— Alex Dambri, ce nom te dit quelque chose ?

— Non. Absolument rien. Quelque chose te tracasse ?

CHAPITRE 6

De nouveau seul, Gabriel dépose le morceau de papier que lui a remis Patrick sur la table du séjour. Sans attendre, il se précipite sur le carnet d'adresses de sa mère, et de ses doigts nerveux examine chaque page minutieusement avec la conviction de se procurer les coordonnées d'Alex Dambri. Mais son espérance demeure vaine. Sa déception est aussi grande que la promptitude et l'enthousiasme avec lequel il s'est mis à l'œuvre. Il range le répertoire dans le tiroir, s'installe face à l'écran de l'ordinateur et reprend la lecture des messages.

Il détient deux éléments au sujet d'Alex : il est guitariste et il a travaillé dans le restaurant de Flore. Mais comment l'avait-t-elle rencontré ? Les échanges entre sa mère et Alex se poursuivaient ainsi. Alex la relançait quelque temps après avoir posté sa lettre :

Alex : *vous avez reçu ma lettre ?*

Flore : *oui, et je dois vous dire qu'elle m'a bouleversée même si j'ai du mal à comprendre votre raisonnement. Ne voulez-vous pas plutôt que l'on se revoie pour en parler ?*

Un intervalle de plusieurs jours s'était écoulé entre les deux derniers messages. L'interruption avait eu lieu après la réception de la lettre et la découverte de son contenu. Présentait-il une révélation à laquelle elle ne s'attendait pas ? Avait-elle été contrariée, avait-elle pris peur et comptait-elle le décourager en gardant le silence ? Ou bien avait-elle jugé nécessaire de suspendre cette conversation qui la malmenait ? Ou encore avait-elle eu besoin de réfléchir ? Ou bien feignait-elle d'être troublée pour déjouer l'impudence d'Alex ?

Alex : *ne me prenez pas par les sentiments. Entre nous, je crois qu'il n'y en a jamais eu. C'est trop tard. Contentez-vous de répondre à ma demande. Ensuite, je vous oublierai.*

Flore : *finissons-en alors. Combien voulez-vous?*

Alex : *45 000 €.*

Flore : *c'est une somme considérable. Je gère un restaurant, pas une banque.*

Alex : *une amende peut aller jusqu'à 225 000 € pour un salarié non déclaré. Vous voyez que ma requête reste honnête.*

La conversation s'arrêtait là. Cette fois, le silence autour de lui et une sensation oppressante le prennent à la gorge. Ces phrases, qui cheminent sous ses yeux, l'angoissent en même temps qu'elles le dégoûtent. Et si Alex connaissait le lieu où habitait sa mère ? S'il avait pénétré ici ? Peut-être était-il le meurtrier de Flore ?

D'un bond, il se lève, virevolte et se dirige vers la radio à la recherche d'une fréquence musicale. Malgré un mental peu enclin à la distraction, la symphonie qui parvient à ses oreilles lui procure du réconfort, un court instant. En même temps qu'il écoute la mélodie, il prépare un thé, puis s'aère, comptant ainsi chasser ses idées noires.

En marchant d'un pas vif le long du bord de mer, un vent fort et chaud le cueille, cingle son visage, ses bras et ses jambes dénudés, ébouriffe ses cheveux, plaque son tee-shirt contre son buste. Se retrouver parmi les estivants éparpillés sur la plage, longer la rive et l'entassement des corps rougis l'éloigne de son humeur obscure. De l'eau à mi-mollet, il sillonne sur le sable mouillé, croise des enfants munis de seaux et de pelles en train de jouer dans le sable. Des baigneurs, soucieux d'éviter de se brûler la plante des pieds gagnent les flots en courant tandis qu'au loin, deux groupes d'adolescents sautillent de chaque côté d'un filet tendu entre deux pieux fichés dans la masse sablonneuse, s'évertuant à rattraper le ballon envoyé par l'équipe adverse. Une rangée de bateaux de plaisance délimite la ligne d'horizon. Son agitation diminue, toute cette nuée d'inconnus bruyants étalés sur le sable lui procure du bien-être. Une certaine légèreté revient, il parvient à prendre du recul. Il sait que le choc et le stress lié au décès de sa mère le déstabilisent, mais il ne peut cependant pas rejeter l'existence des messages qu'il a lus.

Il aimerait se convaincre tout à coup qu'il est dérisoire d'attacher tant d'importance à cette conversation déplaisante, que son auteur n'est probablement qu'un farceur qui s'est amusé à engendrer de la peur. Mais il n'y parvient pas.

C'est l'été, et pourtant, Gabriel porterait bien une écharpe qui réchaufferait son cœur, servirait de garrot à l'hémorragie de sa vie. Il voudrait ressembler à une montagne, impassible, majestueuse, il voudrait devenir une mer calme, indifférente, imperturbable, ou comme les arbres qui supportent les tempêtes, il souhaiterait se transformer en toute forme de vies dépourvues de larmes, d'espoir, de déception, de blessures, de peines, de sentiments.

Au retour, il passe devant le restaurant de sa mère. L'affiche qu'il a collée sur la façade informe sur la raison de sa fermeture. Sur le seuil de la villa, d'autres interrogations l'assaillent. Et si Alex possédait les clés de la maison ? S'il rentrait par effraction ? Tel un couard, Gabriel se faufile entre les murs, accueilli par la paralysie des meubles. D'un geste machinal, il prend le bout de papier posé sur la commode sur lequel son oncle a griffonné, déchiffre son écriture puis compose le numéro de téléphone de Sylvain Messier. Après plusieurs sonneries, il se voit contraint d'expliquer au répondeur le motif de son appel.

Puis il réfléchit à l'escroquerie dont sa mère a peut-être été la victime. Il ne possède dans l'immédiat aucune preuve. Finalement, avait-elle cédé et remis la somme réclamée par Alex ? Elle rangeait tous ses relevés de banque dans une armoire. Gabriel ouvre la porte du bahut et cherche le dossier qui l'intéresse, puis, il l'emporte avec lui dans le salon. Il s'installe sur le canapé et fouille dans le tas de paperasse. Il examine chaque extrait de banque et passe en revue toutes les opérations des mois antérieurs. L'espoir que sa recherche aboutisse se dérobe au fil des lignes de chiffres qui défilent sous ses yeux. Tout en poursuivant son investigation, il se demande pour quelles raisons sa mère aurait pu obéir, comme une fillette fautive et tremblante de peur, à la requête d'Alex.

Dans une chorégraphie linéaire, sans un clignement des yeux, ses pupilles répètent le même mouvement de va-et-vient sur des rangées de nombres. Jusqu'au moment où, au bas d'un relevé, son regard s'arrête sur un montant conséquent qui ressort de l'ensemble des dépenses, correspondant avec exactitude à la requête d'Alex. Que s'était-il passé entre sa mère et lui pour qu'elle cède à ce chantage ? La réputation de son restaurant, représentait-elle le seul enjeu ? Quel secret cachait-elle ? Le dossier de l'enquête sur son décès aurait-il été refermé trop tôt, avec une erreur moisissant à l'intérieur du rapport ? Les questions à élucider se multipliaient. Sa mort était survenue trois semaines seulement après leurs échanges sur Facebook. Embarrassé, il éteint l'ordinateur.

Tout à sa réflexion, il se souvient soudain du message qu'il a déposé sur le répondeur de Sylvain Messier, ce dernier ne l'a pas recontacté. Il tente de le rappeler, mais cette fois avec l'intention de lui dire que le restaurant n'est plus à vendre. Répondeur. Il laisse un nouveau message.

En effet, la tournure que prennent les événements vient modifier les projets du jeune médecin. Il ne retournera pas à Paris à la fin de l'été pour poursuivre ses études, il va reprendre le restaurant et tenter de retrouver Alex.

CHAPITRE 7

Le mois de juillet touche bientôt à sa fin. A une période où la vie extérieure culmine, outre les bénéfices des bains de mer, du soleil et de la plage où il a stagné de longues heures sur le sable, armé d'un bouquin à la recherche d'une évasion vers une autre histoire que la sienne, où il a observé les allées et venues des touristes, où il a entendu des bribes de conversation sans intérêt que le vent ramenait dans sa direction des fois, par-delà la quête d'insouciance propre à la saison estivale, celle qui déleste d'une charge, celle qui lustre d'un baume les tribulations du quotidien, le vague à l'âme, toutes ses tentatives ont été teintées de jours auréolés d'un reflet d'ombre.

En un sens, son besoin de se sentir vivifié plus que de coutume l'a obligé à s'inventer des bienfaits dans chacun de ses actes tout au long de ce mois de juillet, à simuler la joie des vacances, essayant tant bien que mal de remplir un vide impossible à combler. Il s'est efforcé surtout de retrouver la vie d'avant.

En ce dimanche, il se décide à aller déjeuner chez son oncle et sa tante. Gabriel saute dans sa voiture et roule jusqu'à Juan-les-Pins. À son arrivée, il active la sonnette derrière la grille et entrevoit Patrick au fond du jardin. Vêtu d'un tee-shirt rouge qui ressemble à un moule sur son ventre proéminent et d'un large short, il se tourne vers Gabriel, agite le bras en signe de bienvenue. Le sourire aux lèvres, il s'avance d'un pas lourd à sa rencontre. La demeure, sur deux niveaux, possède un appartement en rez-de-chaussée indépendant du premier étage où vivent Patrick et Isabelle. Le logement en bas de la maison sert à la location tout au long de l'été. Gabriel suit son oncle à travers l'escalier qui les emmène sur le perron où Isabelle les guette, postée comme une statue. L'intérieur ombragé a gardé la fraîcheur matinale, car sa tante a entrebâillé les volets dès le lever du soleil, écartant ainsi l'avancée des rayons dans les pièces et la propagation de la chaleur. Sur une nappe fleurie, elle a disposé la table sur la terrasse abritée. Isabelle l'invite à s'asseoir :

— Tu désires prendre un apéritif Gabriel ?

— Avec plaisir.

— Whisky, vodka, pastis, vin cuit ? À moins que tu veuilles une boisson sans alcool ?

Gabriel jette un œil vers son oncle avant de répondre à sa tante :

— Un pastis s'il te plaît.

— Deux pastis alors, dit Patrick en s'adressant à son épouse.

Isabelle disparaît et revient encombrée d'un plateau chargé de verres, de bouteilles et de mini bols en porcelaine contenant des olives, des chips et des biscuits salés. Au bout d'une demi-heure, sous l'effet de l'alcool, Gabriel se détend.

Sa tante s'efface à nouveau avec élégance dans sa jolie robe fleurie qui descend jusqu'aux genoux et ramène un grand plat composé d'un assortiment de crudités et d'une vinaigrette. Tomates, carottes râpées, concombre, betterave et œufs durs sont agencés à la manière d'un parterre floral, les couleurs et les textures se côtoient, se frôlent sans se mélanger. Isabelle conserve une silhouette élancée à l'approche de la cinquantaine. Ses cheveux courts valorisent l'ovale de son visage. De temps en temps, elle repousse d'un geste délicat une longue mèche sur le côté qui cache une partie de son front et retombe sur l'œil. Ensemble, ils évoquent la triste disparition de Flore, puis sans s'appesantir, reprennent le cours d'une conversation plus gaie.

— Tu as pu joindre Sylvain Messier ?

Gabriel hésite avant de répondre :

— Oui, je ne pense pas que cette affaire l'intéresse, il n'a pas donné suite à mon message. Mais depuis, j'ai pris une décision. Je vais reprendre le restaurant de Flore.

Interloqué, Patrick demeure sans réaction. Après un bref silence, la curiosité finit par l'emporter :

— Et tes études de médecine ?

— Je ne les poursuis pas.

Son oncle grimace, son visage s'assombrit, il affiche un air déçu :

— Au bout de tant d'années de sacrifice, tu es sûr de ta décision ? J'espère que tu ne la prends pas sur un coup de tête !

— Non, j'ai bien réfléchi, réplique Gabriel.

Le vin, précédé de l'apéritif, délie les paroles. Le ton de sa voix déterminée n'autorise plus d'autres commentaires. Soudain agacé de se sentir regardé comme un enfant immature, il ajoute :

— Je reste vivre dans la maison et je reprends le restaurant. Adieu Paris !

— Tu vas t'en sortir seul ? demande Patrick

Vexé, Gabriel rétorque :

— Parce que tu penses que je rechigne à la besogne ?

Pour la première fois depuis le décès de sa mère un rire nerveux le secoue.

— Je te rappelle que j'ai effectué six années d'études de médecine.

Patrick s'aperçoit que son neveu s'agace, il tente de l'apaiser :

— Certes, entreprendre d'aussi longues études demande de l'endurance ! Tu peux compter sur mon aide si c'est nécessaire, je voulais que tu le saches.

Naturellement bon et pour l'affection qu'il lui porte, Patrick ne souhaite pas s'égarer dans une relation conflictuelle avec Gabriel.

Certes, il connaît la persévérance de Gabriel, mais sans doute, n'a-t-il pas pu dissimuler sa déception en apprenant la nouvelle. Isabelle, effacée et impassible, écoute leur conversation. Le déjeuner se poursuit dans une ambiance conviviale. Après l'entrée, un gigot d'agneau cuit au four et des pommes de terre complètent le repas qui s'achève avec une savoureuse charlotte aux fraises. Au moment du café, soulagé et heureux de s'être confié, Gabriel bavarde encore avec son oncle et sa tante. Puis il les quitte et regagne sa demeure. En revanche, dans un coin de sa pensée mûrit une intention gardée secrète, retrouver Alex Dambri.

CHAPITRE 8

Le restaurant « Les pieds dans l'eau » rouvre ses portes. Les serveurs et les cuisiniers reprennent leur activité avec entrain, d'autant que le fils de leur ancienne patronne, Mme Moreno, qu'ils appréciaient, est aussi rigoureux que sa mère.

Fier de son choix, Gabriel pense que sa mère approuverait ce dénouement. Il désire honorer son courage, son dévouement, les sacrifices qu'elle a dû accomplir qui lui ont permis de suivre ses études de médecine. Il souhaite lui exprimer sa gratitude en poursuivant l'action de sa réussite et de son ambition.

Bientôt, il prévient son entourage de ce changement, ses proches amis de faculté Rémi et Nathalie. Il les contacte et colporte la nouvelle au groupe. Sous l'effet de la surprise, il est surtout question d'attachement, ils sont peinés à l'idée de la séparation avec leur camarade qui ne partagera plus leur quotidien, il va leur manquer. Gabriel, gagné par l'émotion, leur dit : « Si la distance met à l'épreuve l'amitié, elle sert aussi à témoigner de sa solidité ». Puis, poursuivant sa philosophie, il ajoute qu'elle ne dépend pas des kilomètres, qu'un certain recul préserve les relations bienveillantes. Enfin, il les invite à venir séjourner dans la maison où il vit désormais dès qu'ils le pourront. Alors que sa voix s'étrangle à travers la plaisanterie après quelques boutades lancées pour se délester du poids de la séparation, la communication cesse, et le cœur serré, il raccroche, refermant la porte sur plusieurs années mémorables.

Au cours de la semaine, Gabriel réunit son personnel et les reçoit à tour de rôle en tête-à-tête dans le but de connaître leur personnalité et leurs compétences, leurs pratiques antérieures, leur façon de travailler et les habitudes de la clientèle. Il instaure les règles d'un nouveau départ, redéfinissant ainsi leur rôle.

Les habitués réapparaissent, la vie de l'établissement reprend. Un détail pourtant fait défaut à la récente organisation. Depuis que le piano noir,

- une acquisition de Flore -, sur l'estrade au fond du restaurant, reluisant, mais aux touches inertes sous le couvercle clos, retient l'attention de Gabriel, il réfléchit à redonner vie à l'instrument. Il se chargera de recruter un pianiste qui animera les soirées d'été.

Cette pensée le ramène à Alex, le guitariste à qui Flore avait fourni un travail dans l'illégalité. Il tente d'imaginer le musicien dans les lieux, sans pouvoir se le représenter. À quoi ressemble-t-il ? Est-il jeune, vieux ? L'abstraction du personnage domine sans le délivrer de sa présence fantomatique. L'idée d'interroger la main-d'œuvre à sa disposition pour mener l'enquête apparaît, de loin, la solution la plus simple, la plus efficace à ses yeux. Sûrement que Hervé et Anaïs seront les meilleurs guides pour lui permettre de le retrouver. Dans la journée, il intercepte le serveur :

— Je peux vous parler deux minutes, Hervé ?

— Oui monsieur, répond le garçon emprunté dans sa livrée blanche.

— Mme Moreno avait recruté des musiciens, les connaissez-vous ?

Le serveur, un homme élancé, attentif, droit comme un I dans son pantalon noir prend une voix guindée :

— Une chanteuse venait toujours accompagnée d'un pianiste. Parfois, c'était au tour d'un guitariste. Mme Moreno en avait eu l'heureuse idée.

Comme il ne répond pas à sa question, Gabriel répète :

— Oui, mais...les connaissez-vous ? Enfin, avez-vous eu l'occasion de leur parler ?

— Non. Je n'en ai jamais eu le temps. Un sourire figé suit l'explication d'Hervé.

— Savez-vous où je pourrais les joindre ?

— Aucune idée monsieur, mais Anaïs détient peut-être ces informations.

Hervé reprend sa pose initiale, le regard fixe dirigé vers la porte d'entrée. De cet endroit, il peut surveiller l'arrivée des clients. Pendant ce temps, Gabriel a rejoint Anaïs qui se dépêche de ranger des verres derrière le comptoir près des cuisines. Débordant d'énergie, le front luisant de gouttes de sueur, elle relève la tête toute à l'écoute des interrogations de son patron :

— Mme Moreno, vous aurait-elle communiqué les coordonnées des artistes qui se produisaient en soirée ?

— Non, la patronne se chargeait de leur planning, affirme-t-elle.

— Vous connaissez leurs noms ?

— Seulement leurs prénoms. Thomas et Amanda. Ils arrivaient et repartaient toujours ensemble. Mme Moreno trouvait leur duo distingué.

— Et vous avez eu l'occasion de discuter avec eux ?

— Non, jamais. Je m'occupais du service en salle.

— Merci, Anaïs, je ne vous retiens pas plus.

Par crainte d'éveiller des soupçons, Gabriel n'a pas osé demander une description physique des artistes. Il pense qu'Hervé et Anaïs auraient trouvé étrange qu'il s'attarde sur les détails de la physionomie des musiciens.

Une accalmie ralentit vers onze heures l'effervescence des préparatifs matinaux en salle et en cuisine avant l'arrivée des gourmets. L'heure du déjeuner approche. Tout est à pied d'œuvre. Les tables et les chaises encore vides patientent. La lumière du soleil de midi inonde la terrasse de ses rayons brûlants en cette période estivale, créant des étincelles parmi les tables, dignes d'un ornement improvisé et naturel.

À son tour, Gabriel fait le pied de grue devant la porte face au rayonnement de l'astre, prêt à accueillir les premiers clients. Il les dirige ensuite auprès d'Hervé ou d'Anaïs, qui, après avoir reçu les consignes de leur patron, « trois couverts, à l'intérieur », les accompagne à leur place. Il prend soin de la clientèle. Les cuisiniers s'affairent derrière les fourneaux pendant que les serveurs proposent l'apéritif ou l'entrée aux premiers arrivants.

Bientôt, les tables se remplissent de couples, de parents avec leurs enfants, de groupes d'amis. Dans la salle, le bruit des bavardages s'amplifie, la pièce se transforme en un bourdonnement assourdissant. Gabriel salue les clients puis s'esquive derrière le comptoir. Dès qu'ils savourent les plats de leur choix, le jeune restaurateur circule entre les tables afin de s'assurer qu'ils sont satisfaits. Au dessert, il offre un digestif avec le café.

Lorsque la salle se désengorge, les serveurs rangent, nettoient et réinstallent assiettes, fourchettes, couteaux, verres et serviettes pour le service du soir avant de quitter le restaurant en milieu d'après-midi. Dès que Gabriel se retrouve seul, il fouille dans les tiroirs sous la caisse, dans l'espoir d'y dénicher une carte de visite, une adresse, un numéro d'appel des artistes. Dans le désordre du tas de paperasse, il frôle un bout de carton rigide qu'il soulève. Un dessin en filigrane, aux allures enfantines, apparaît sous ses yeux, celui d'une femme vêtue d'une longue robe bleue, assise sur un piano, les mains de chaque côté du clavier. Des notes de musique sur lesquelles se superposent le nom d'une chanteuse et un numéro de téléphone, entourent l'illustration.

Elle se nomme Amanda Fanucci. La carte de visite paraît récente, le papier blanc comme neuf. Il la dépose sur le comptoir devant lui, sort son téléphone portable de la poche de son pantalon. Avec diplomatie, il se présente : « Je suis le nouveau dirigeant du restaurant les pieds dans l'eau », puis entre dans le vif du sujet, expose la raison de son appel. Avec simplicité, elle répond qu'à cause des circonstances de la fermeture de l'établissement, elle s'est retrouvée sans emploi, que l'échéance de son contrat s'arrêtait à la fin de la saison estivale, en septembre. Enthousiasmée par l'idée de reprendre ses tours de chant, elle répète : « Alors c'est vous qui reprenez l'entreprise ? » Gabriel explique qu'il est le fils de l'ancienne propriétaire et lui propose de la rencontrer le lendemain.

Le jour d'après, à l'heure dite, Gabriel est en train de ranger le désordre du tas de feuilles d'où il a extirpé la carte de visite d'Amanda, lorsqu'elle se présente. La quarantaine, des cheveux longs auburn tombent en cascade sur ses épaules. Il ne reconnaît pas le timbre de sa voix qu'il perçoit différemment de celle qu'il a entendue la veille au téléphone quand elle s'approche et dit « bonjour monsieur ». Elle tend une main décidée au moment de le saluer. Ses pupilles, accrochées comme deux minuscules araignées retenues au centre de la toile par les fils de ses iris, plongent dans le regard du jeune homme. Son sourire dévoile de petites dents d'où s'exhibe le rose de ses gencives. Les traits de son visage sont agréables, malgré un menton un peu trop long. Gabriel relâche la poignée de main et l'invite à boire un café.

Assis face à face à une table, elle parle sans retenue et avec passion de son métier, des chansons qu'elle interprète. Sans conteste, sa motivation passe outre l'appât du gain. Pour Amanda, l'équilibre de sa vie repose sur sa vocation. En l'écoutant, Gabriel a l'impression qu'Amanda dépend de son lyrisme, si elle ne pouvait plus l'exercer, elle le vivrait comme un handicap. Le jeune directeur voit un double intérêt à la présence de la chanteuse. Non seulement son restaurant retrouvera ses soirées animées, mais Gabriel pourra également se renseigner sur Alex. Prudemment il demande :

— Mon personnel m'a confié que vous formiez un duo avec Thomas qui joue du piano, je crois. Je tiens bien sûr à le rencontrer.

Avec naturel, Amanda éclate de rire quand il évoque Thomas. Aussitôt, elle s'excuse :

— Désolée, mais sans Thomas, je ne peux pas chanter, alors si vous m'aviez demandé de venir seule, j'aurais malheureusement dû refuser votre offre.

Il aime sa franchise, son aisance, la simplicité à laquelle elle s'expose. Elle ajoute :

— Je peux l'appeler tout de suite si vous le désirez.

Immédiatement, sa main tapote le numéro de son ami sur son téléphone. Gabriel l'observe, satisfait de la vivacité et de la détermination avec laquelle cette femme gère les affaires. Enjouée, Amanda discute avec Thomas, et leur conversation ne laisse aucun doute sur la complicité qui les unit. Leur dialogue dévie sur d'autres sujets tandis que Gabriel se met à l'écart de leur intimité. Par politesse, Amanda écourte la communication.

Amanda et le directeur déterminent aussitôt les dates de leurs prochaines prestations. Avec humour, il remarque que si les talents de la chanteuse arrivent à la hauteur de sa manière de le convaincre, il lui accorde sa confiance les yeux fermés. Avant qu'elle ne parte, il évoque Alex :

— Il me reste une question à vous poser avant de vous libérer. Connaissez-vous Alex, un guitariste qui se produisait dans ce lieu ?

— Non. Thomas et moi, nous ne l'avons jamais croisé. Il jouait dans l'intervalle de nos absences. D'ailleurs, je l'ai aperçu par hasard un soir, lors d'une promenade, seul sur l'estrade à côté du piano.

— Et vous pourriez me décrire son physique ?

Il sait qu'il ne prend pas de risque à lui poser cette question. Elle demeure étrangère au reste de son personnel, les bavardages entre ses employés ne pourront avoir lieu.

Alors qu'elle fouille dans sa mémoire, l'expression de son visage se transforme en une grimace. Elle bafouille :

— Oui. Enfin...vaguement. En tous les cas, il est métissé. Le premier détail que j'ai remarqué de loin est la couleur bleue de ses yeux. L'effet est spectaculaire sur un métis !

— Quel âge lui donnez-vous ? renchérit Gabriel

— La trentaine séduisante. Si j'étais célibataire, j'aurais tenté ma chance avec lui, ajoute-t-elle en écarquillant les pupilles de désir. Mais il a disparu du jour au lendemain. Mme Moreno nous a alors proposé de le remplacer et d'élargir nos prestations, mais nos engagements dans un autre lieu nous en empêchaient.

— Quel genre de musique jouait-il ?

— Très hétérogène. Un répertoire assez large, il avait du talent. Les morceaux que j'ai entendus étaient parfaitement interprétés. Mais dite donc, j'ai droit à un véritable interrogatoire !

— Je ne vous retiens pas plus longtemps. Je brûle d'impatience de connaître Thomas.

Sur le pas de la porte, prête à sortir, elle se retourne et dit :

— À quelle heure doit-on arriver ?

— Vingt heures, ce sera parfait. Gabriel sourit.

CHAPITRE 9

Si le monde de la médecine n'accordait que de brefs instants de répit à Gabriel, l'univers de la restauration, bien différent, lui ressemblait par les contraintes qu'il imposait. À bien y songer, il comprend comment sa mère a pu, grâce à l'implication dans son entreprise, surmonter ses malheurs.

À l'aurore, ce lundi-là, jour de la fermeture hebdomadaire de l'établissement, il en profite pour flâner le long de la plage. L'aube l'enchante, il savoure la vie à l'extérieur, encore assoupie, engourdie, insonore. Le petit matin amène un élan de pureté, de fraîcheur, de douceur, il met en veille les tracas d'hier, les engloutit comme la mer qui s'échoue sur la côte et mord dans les châteaux de sable des enfants jusqu'à les faire disparaître. Pourtant, dès qu'il se retrouve isolé et désœuvré, ses pensées pareilles aux fils d'un écheveau tourbillonnent autour d'Alex, alors que pendant qu'il se voue à ses obligations professionnelles, ses états d'âme se noient dans le flot de l'activité, s'éteignent sur eux-mêmes. Son existence est bouleversée par la mort de sa mère et voilà maintenant l'apparition d'Alex qui demeure néanmoins un être irréel, un mystère même pour les personnes qui l'ont approché. Seule sa mère pourrait en parler, mais elle n'est plus en vie.

Le ciel au loin condense un volume de nuages bleu outremer virant par endroit vers la noirceur, le jour menace d'être sombre. Gabriel marche sur un champ de sable pour ainsi dire désert. Un petit nombre de baigneurs matinaux en quête d'aventure regagnent déjà la terre ferme. Les adeptes du bronzage n'honoreront pas leur rendez-vous avec un bain de soleil, les cieux ont découragé les estivants dès le lever. Il avance pieds nus, ses chaussures ballantes retenues d'une main par les lacets, scrute l'horizon tout en enfonçant ses plantes de pieds dans le sable froid, marquant de ses empreintes le chemin sur son passage. Sur l'eau, des amateurs de planche à voile se servent du vent qui se lève et agite la surface de la mer pour surfer sur les vagues. Il voit un jeune homme qui dirige un cerf-volant. L'air marin le secoue. Il accélère le pas, court sur le plage mouillée dont il ressent la dureté sous ses talons tandis que des bourrasques successives, fortes et violentes freinent son élan. Les nuages se crèvent et des gouttes de pluie fines emportées par le mistral s'échappent d'abord et échouent sur son visage qui leur sert de barrière, puis la bruine se transforme en orage, l'obligeant à rebrousser chemin. Les cheveux trempés, dégoulinants sur son tee-shirt collé à sa peau, il ôte à la hâte la couverture de sable humide qui l'empêche de chausser ses baskets puis regagne son domicile.

Sur le palier de la porte d'entrée, il se secoue comme un vieux chien égaré avant d'enclencher la clé dans la serrure. Une fois à l'abri, il fonce dans la salle de bain, se dénude de ses vêtements mouillés, frictionne son corps de la tête aux pieds à l'aide d'une serviette. Ainsi sec, il retourne dans la cuisine et finit de se réchauffer en préparant un thé chai épicé dont les arômes subtils de cannelle, de gingembre et de cardamome s'exhalent. Soudain rêveur pendant la dégustation de la boisson, les paroles d'Amanda ressurgissent : « un métis aux yeux bleus, la trentaine séduisante ». De fait, les miettes d'informations qu'il détient s'avèrent insuffisantes et ne le mèneront pas loin dans son projet de rattraper Alex.

La tasse à la main il se ressert un thé et s'en va vers l'ordinateur qu'il démarre, derrière lequel il s'installe. Le jeune homme entre les codes accédant au compte facebook de sa mère, puis retourne sur les messages d'Alex. Sait-il que Flore est morte ? S'il est impliqué dans le décès, forcément oui. Mais sinon ? Après une longue hésitation, il pose enfin ses doigts sur le clavier et tape un court texte destiné à Alex en se faisant passer pour elle : *j'aimerais vous revoir afin que nous parlions.*

Avant de l'envoyer, il s'interroge. Ne va-t-il pas trouver étrange que Flore cherche à reprendre contact après qu'elle ait été victime d'un chantage, qu'il lui ait extorqué autant d'argent ? Et si c'était le seul moyen pour Gabriel d'obtenir des renseignements sur l'individu ? Les scrupules le rongent. Imaginons qu'Alex soit au courant du décès de sa mère. Dans ce cas, il soupçonnera qu'une personne autre le recherche en se servant du compte facebook de Flore, certainement un proche de la famille qui y a accès. L'usurpation d'identité momentanée. En un sens, il ne pourra découvrir qui est l'auteur de la ruse. Il aura peur, c'est tout, et ne répondra pas. Sa réticence dépassée, il envoie le message laconique. Il tente le tout pour le tout, il n'a plus rien à perdre.

Soudain, une autre idée surgit à sa raison, et s'il entreprenait une prospection dans les pages blanches ? Sans plus attendre, il tape le nom d'Alex Dambri dans le service de recherche des particuliers. Une liste d'homonymes défile. Il élimine d'emblée de ses appels tous les noms dont l'orthographe diffère de celle en sa possession. Reste un petit répertoire auquel il va devoir s'attaquer et avec de la chance, il parviendra à localiser l'homme recherché. Avec courage, il compose les numéros l'un après l'autre. Dès qu'il tombe sur un répondeur, il raccroche aussitôt, passe au suivant, se dit qu'il reviendra plus tard sur le précédent. Patiemment, il progresse dans ses efforts par élimination, si bien qu'au bout d'une demi-heure, la liste se réduit de moitié. Il note sur un bout de papier qu'il met de côté les noms concordants à ses dernières chances. Entre-temps, il retourne sur la messagerie facebook de sa mère. Aucune réponse d'Alex à son envoi.

Il jette un œil sur l'heure et se dirige jusqu'à la salle de bain où il remplit la baignoire d'eau fumante dans laquelle il se glisse. Les yeux fermés, la tête posée à l'arrière sur le rebord, il hume les senteurs fruitées de la mousse blanche et aérienne qui lui chatouille les narines, la chaleur teinte ses joues de rouge. Un soupir s'extrait de lui, non de soulagement, ni de découragement, mais du bien-être soudain que lui procure ce moment. Il n'a qu'une envie, se détendre. Le relâchement lié aux effets du bain ramollit la volonté la plus tenace. L'attention de Gabriel se porte sur une goutte d'eau qui s'échappe du robinet mal fermé et résonne dans un clapotis. Le temps s'écoule, la tiédeur de l'eau le pousse à se redresser, à se lever, à se couvrir d'un peignoir en éponge. Il dégage le bouchon retenant la masse savonneuse de liquide qui s'engouffre dans le trou pour rejoindre les canalisations dans un dernier hurlement rauque. La baignoire se retrouve vidée et le silence quant à lui, atteint sa plénitude.

Relaxé, Gabriel pénètre dans le séjour, allume la télévision, appuie sur la télécommande et actionne les chaînes, une à une. Son intérêt se fixe sur un reportage intitulé « la vie secrète des lacs ». Il s'installe dans le fauteuil en face du petit écran. D'une manière générale, ce qu'il apprécie c'est la diffusion d'images souvent exceptionnelles des documentaires. Ils transmettent non seulement des connaissances passionnantes, mais l'entraînent aussi dans des rêves de voyage. Il est transporté hors de son quotidien, le flux de ses pensées se réduit, il se retrouve loin sur d'autres rivages, il se projette dans un autre lieu. Parfois, son oreille néglige les commentaires qui guident l'émission, le spectacle des photos à lui seul offre tant de beauté qu'elles captent toute son attention. Mais cette fois, il s'endort devant le film.

Une heure s'est écoulée quand il soulève les paupières, le générique de fin défile sous ses yeux. Encore assoupi, il abandonne alors le fauteuil et se dirige toujours somnolent dans la cuisine, sort du congélateur un plat prêt à consommer qu'il enfourne dans le micro-ondes. Il s'installe pour dîner devant l'écran resté allumé, et sans redresser la tête vers le récepteur, écoute les titres marquant le début du journal de vingt heures. Il déguste son mets réchauffé dans la barquette en carton, remplit un verre de vin de rosé frais, en boit une gorgée, puis savoure deux yaourts aux fruits en guise de dessert. Il se presse de finir son repas frugal, débarrasse en une fraction de seconde la table, puis il reprend la liste des numéros restant à appeler, compose le premier.

Il est vingt heures trente, un horaire porteur d'espoir pour joindre du monde. Encore trop tôt pour effrayer les personnes qui sursauteraient à la même sonnerie au milieu de la nuit, assez tard pour considérer qu'elles ont quitté leur travail et sont arrivées à demeure. Le premier appel retentit dans le vide. Peut-être que ces gens-là sont en train de dîner et n'ont pas envie de répondre. Il raccroche et compose le second numéro. Au bout de trois monotones tintements, une voix féminine traînante se fait entendre. Gabriel invente un mensonge, prétend qu'il est une vieille connaissance d'Alex, qu'il aimerait reprendre contact avec lui, car il ne l'a plus revu depuis belle lurette.

La femme, à l'autre bout du téléphone, semble heureuse que quelqu'un s'intéresse à son fils et confie dès les premières paroles échangées qu'il ne vit plus chez eux. Gabriel pense qu'il est au bon endroit, en train de parler avec la mère d'Alex. Elle ajoute dans une intonation moitié soulagée moitié interrogative, cherchant à se rassurer : « Alors, vous êtes un ami d'Alex ! Ah ça alors ! Et depuis quand ne vous êtes vous pas retrouvés ? ». La bonté de Mme Dambri est audible, mais le jeune restaurateur, contraint de jouer son rôle provisoire de mythomane, évoque de manière impromptue une décennie de séparation depuis la dernière fois où ils se sont vus.

Soudain, il appréhende d'autres questions. Si elle lui demande où et quand, il va forcément commettre une erreur, elle va le remarquer et lui raccrocher au nez en le traitant d'imposteur. Pourtant, il reçoit de la voix de cette mère la résonance à son propre espoir.

Gabriel entend de l'agacement dans les propos confiant qu'elle tient : « Si seulement je le savais où il est ! » , mais en une fraction de seconde il réalise qu'elle exprime son inquiétude en même temps qu'elle transmet à un inconnu son désarroi de ne pas savoir où se trouve son enfant. Pourquoi Alex ne voit plus sa famille ?

La culpabilité s'invite dans l'esprit de Gabriel, pour cette mère leur conversation s'annonce l'opportunité de décharger le fardeau de ses soucis, elle espère davantage que les propos d'un faux ami à la poursuite de son fils qu'il ne connaît même pas. Tout à coup, il se sent honteux. Malgré tout, comme un pêcheur qui a attrapé un poisson rare, il ne peut s'empêcher de relancer le dialogue, il cherche à gagner du temps et feint de s'intéresser à l'histoire de cette femme en la relançant : « Depuis quand êtes-vous sans nouvelles d'Alex ? » Gabriel souhaite une issue à cette communication avec des indices qui lui ouvriront une piste à explorer. Le jeune homme apprend qu'Alex est parti vivre sa vie il y a quelques années, une révélation qui relève du sens commun de la vie : Qui, devenu adulte ne quitte pas le domicile de ses parents ? Dans les débuts, après son départ, son mari et elle entretenaient leur relation avec Alex qui prenait des nouvelles assidûment, et venait les voir comme tout enfant bienséant une fois le nid quitté, mais depuis plusieurs mois, non seulement il ne téléphonait plus mais il ne leur rendait plus visites. Elle confie qu'elle ne comprend pas l'attitude de son fils. À l'écoute de ces aveux, Gabriel la sollicite encore :

— Mais vous ne vous rendiez jamais chez votre fils ?

— Mon mari a été victime d'un accident, il y a très longtemps, explique-t-elle, il ne conduit plus, et moi, je n'ai pas le permis de voiture. Prendre le bus aurait été trop difficile avec Gérard en fauteuil roulant, si bien que pour toutes ces raisons, Alex se déplaçait, ce qui nous évitait les complications. Nous avons tenté plusieurs fois de l'appeler, nous lui avons laissé des messages sur le répondeur, il n'a pas repris contact avec nous.

— Et vous n'avez pas signalé sa disparition à la police ou à la gendarmerie ?

— Bien sûr, une enquête a été ouverte, les gendarmes l'ont trouvé rapidement, ce qui nous a réconfortés.

Alex leur a dit qu'il nous recontacterait, mais nous attendons toujours son appel. Les forces de l'ordre ne peuvent plus rien pour nous maintenant. Pour eux, il est question d'une affaire personnelle.

— Vous connaissez son adresse sans doute ?

— Aux dernières nouvelles, il vivait chez Aurélie Barre, une jeune femme que nous avons rencontré une ou deux fois. Attendez, je reviens.

Il discerne la maigre consolation qu'elle éprouve dans une confiance aveugle à évoquer son fils à un individu qu'elle n'a jamais vu, qu'elle ne connaît pas, elle non plus. Lorsque sa voix se fait à nouveau entendre, une fine lueur d'espoir ressort dans les derniers échanges, quand elle communique l'adresse à Gabriel en précisant :

— Mais je ne vous garantis rien, c'est le seul endroit à ma connaissance où vous pourriez peut-être le revoir. À moins que, depuis, il ait déménagé. Enfin, si vous le retrouvez, pensez à lui dire de nous appeler.

Gabriel remercie la mère d'Alex et promet de transmettre son message. Elle le peine. Alex fait du mal à ses proches. Qui est-il ?

CHAPITRE 10

Le jour d'après, l'esprit tiraillé entre deux préoccupations, il exécute son travail. Ce matin-là, une part de ses pensées se concentre sur ses responsabilités professionnelles, tandis qu'une autre reste accrochée à sa conversation de la veille avec Mme Dambri et anticipe la rencontre avec Alex. Dans la salle, le vacarme incessant l'amène à lutter contre ses idées qui s'entrecroisent et le dérobent par instant à l'application de ses tâches. Un mal de tête lancinant vient alourdir son raisonnement. Quand les clients le saluent, il répond en affichant un sourire absent. Certains d'entre eux ont terminé l'entrée et s'impatientent, ils sont pressés, réclame un service plus rapide. Le directeur acquiesce comme une machine trop sollicitée.

Désormais, les soirées s'animent depuis le retour de Thomas et d'Amanda. Le pianiste, un homme d'une cinquantaine d'années aux cheveux roux, aux tempes grisonnantes, porte une barbe sillonnée d'une rangée de poils blancs au niveau du menton, une ligne nette, bien dessinée, partant de la commissure de ses lèvres, qui traverse sa bouche de gauche à droite. Décontracté, il porte un tee-shirt et un jean. Il salue sur son passage Gabriel après qu'Amanda ait fait les présentations. Puis les deux artistes disparaissent le temps de changer de vêtements. Thomas ressurgit un peu plus tard. Élégant, il revêt une veste beige que recouvre une chemise marron assortie à un pantalon de toile. À son tour, Amanda, resplendissante, dans une robe longue et simple, moulant les courbes de son corps entre en scène.

Les deux amis au répertoire panaché créent une ambiance divertissante tout au long de la soirée en s'adaptant aux désirs de la clientèle. De la douce mélodie mélancolique, ils enchaînent sur un rythme enjoué, soutenu, quand Thomas quelquefois joue seul au piano un air de Jean Sébastien Bach. Avec le temps, Gabriel a sympathisé avec les deux inséparables. En fin de programme, il leur offre régulièrement un verre qu'ils boivent ensemble.

Depuis quelque temps, Gabriel est sous le charme d'Amanda. Dès les premiers instants, il a aimé sa présence. Loin de sa pensée l'idée de s'éprendre d'elle, il ne peut désormais pas rejeter ses sentiments, il ne les contrôle plus tout à fait et la gêne qu'il ressent de ne savoir les dissimuler l'oppresse. Il ne s'adresse plus à elle avec le naturel des débuts de leur rencontre, il devient maladroit depuis qu'il a pris conscience de son amour pour elle, autant de signes avant-coureurs modifiant sa relation envers la chanteuse. Il déteste le retour d'une timidité d'adolescent à laquelle il est confronté alors qu'il la croyait enterrée depuis longtemps. Une régression déplaisante qu'il ne maîtrise pas. Est-ce leur différence d'âge qui provoque cette discordance parce qu'il n'a que vingt-six ans tandis qu'elle approche la quarantaine ? Maintenant, il se contente de l'écouter chanter, ne se risque pas à rencontrer son regard. Il craint de ne pouvoir le soutenir s'il le croisait par inadvertance, surtout si elle entrevoyait la perturbation qu'il engendre. Une situation qu'il veut éviter. Il a beau s'en défendre, se convaincre de son inaccessibilité, plus il y songe, plus elle l'obsède.

Mais ce soir-là, il ne s'attarde pas. Le service à peine commencé, quand la main-d'œuvre s'affaire, bien avant l'arrivée des deux artistes, il quitte tôt les lieux, prévient Hervé de son absence, récupère sa voiture garée sur l'aire de stationnement et roule en direction de Nice. Il espère ne pas être bloqué dans les embouteillages. Au pire, s'il n'est pas de retour pour la fermeture du restaurant, le personnel dispose des clés, ils s'en chargeront. Mais tout de même, malgré la confiance qu'il lui accorde, il a pour habitude de faire un dernier tour en cuisine et en salle avant la clôture de la journée afin de s'assurer que tout reste en ordre et que la clientèle quitte l'endroit satisfaite.

Entre deux feux rouges, il a composé le numéro de téléphone que lui a remis la mère d'Alex. Une voix impersonnelle lui a répondu qu'il n'était plus attribué. À l'approche de l'adresse indiquée par Mme Dambri, il s'engage dans le parking souterrain avoisinant. Revenu à l'air libre, il longe le trottoir, s'approche de la plaque scellée sur le mur à l'angle de la rue, en déchiffre le nom. Une dizaine de minutes de marche le sépare du lieu où il se rend. L'immeuble se niche dans une venelle adjacente à l'avenue principale, le calme de l'allée contraste avec le bruit auquel il vient de tourner le dos. Parvenu à l'entrée du bâtiment, il pénètre dans une cour. Il cherche les boîtes aux lettres dans l'espoir d'y découvrir le nom d'Alex ou d'Aurélie, mais il n'en voit aucune et pense qu'elles doivent se trouver à l'intérieur de l'immeuble. Sur la droite se situe la loge du gardien où il sonne. Un individu qui a l'air de sortir de la sieste apparaît sur le pas de la porte qui s'ouvre :

— C'est pourquoi ?

— Je cherche Mr Alex Dambri. Il vit avec une jeune femme, Aurélie Barre. Pouvez-vous m'indiquer à quel étage ils résident ?

— Elle n'habite plus ici monsieur, répond le concierge d'une voix enroué. Elle est partie.

— Depuis combien de temps ?

— Un mois dans ces eaux-là, puis il se lance dans une courte réflexion et confirme : « Oui, un mois ». Enfin, dans le but d'appuyer sa conviction, toujours sur le seuil de la porte entrouverte, il se tourne vers l'intérieur du logement à l'abri du regard de Gabriel et crie « Dis, Lucy, ça fait bien un mois que tu as fait l'état des lieux avec mademoiselle Barre ». À cause d'un simple mur qui amoindrit l'intensité du son, comme l'épaisseur de la neige assourdirait les bruits environnants, un « oui » à peine audible lui parvient. Gabriel insiste :

— Alex Dambri vivait avec elle n'est-ce pas ?

— Je l'ai vue souvent avec un jeune garçon, dit le gardien. Maintenant, de là à savoir s'il s'agit de la personne dont vous me parlez. Comment vous dites, Alex Dambri, c'est bien ça ? Après la question qui n'en était pas une à la vérité, il ajoute :

— Je ne m'occupe pas de tous ces détails, vous comprenez, je n'ai pas de temps à perdre.

— Vous ne posséderiez pas sa nouvelle adresse par hasard ?

— Pas le moins du monde. Vous savez, si je devais prendre les coordonnées de tous les locataires qui déménagent, je n'en finirais pas, dit-il l'air désabusé.

— Excusez-moi du dérangement. Merci monsieur.

— De rien. Je ne vous ai pas été d'une grande utilité, répond-il apparemment déçu.

CHAPITRE 11

Gabriel porte une barbe de plusieurs jours et une moustache châtain que des touffes de poils roux bariolent. Cette barbiche renforce sa virilité, c'est du moins ce dont il se persuade. Le jeune homme qui doute de son pouvoir de séduction sur Amanda s'est mis en tête de paraître plus mature. Et à défaut de ne pas le vieillir, il se dit qu'une barbe abritera la rougeur de ses joues propices à s'enflammer depuis la résurgence d'une timidité ancienne venue gâcher son quotidien.

Et si ce n'était dû après tout qu'à un coup de soleil, à une exposition trop prolongée qui justifie-rait la couleur écarlate sur ses pommettes ? Il pourrait toujours se servir de cet argument dans le cas où une intention indélicate lui en ferait la re-marque. S'est-elle rendu compte d'un changement à son égard ? A-t-elle remarqué sa façon de lui parler, de lui sourire, de la regarder ? Ce soir, il fait preuve d'une disposition d'esprit particulière. Il a l'intention de briser la glace, il devra surmonter ses obstacles émotionnels. À quoi bon jouer à cache-cache ? Depuis quand ne s'est-il pas épris de quelqu'un ? Trop longtemps certes pour se retrouver dans une situation qu'il ne contrôle pas. Les méfaits de son célibat, il les doit à une succession de péripéties : aux études accaparantes, à Nathalie, l'amante de Rémi, dont il rêvait de ravir la place, à des histoires sans lendemain, sans attachement, des conquêtes démunies de certitude passionnée, car seul un sentiment sincère a le mérite de fidéliser une rencontre, à la mort de sa mère puis la reprise du restaurant, autant de raisons en défaveur de l'amour.

C'est un bouquet de fleurs qui jouera les intermédiaires. Gabriel les achète chez le fleuriste sur le chemin le menant au travail, une belle composition de roses rouges et blanches à laquelle il ajoute un mot sur une carte qu'il glisse dans une enveloppe, le tout maintenu en équilibre entre les tiges, suspendues au milieu de la végétation. Il guette la fin de la journée, impatient, comme un enfant qui attend la promesse d'un cadeau et craintif à l'idée qu'Amanda rejette ses avances. À l'heure où les deux artistes entreront en scène, il se veut prêt à jouer ses atouts avec habileté. S'il échoue, il se sentira humilié, les conséquences qui en découleront, désastreuses.

Quand Amanda et Thomas franchissent le seuil de l'établissement, les jambes de Gabriel faiblissent sous son poids, son sang remonte au visage, lui brûle les joues. Parce qu'il se trouve face à eux, mais qu'aucun des deux ne dirige le regard vers lui, il vrille sur lui-même et leur tourne le dos, fait mine d'être occupé pendant qu'il se ressaisit. Au cours de la soirée, Thomas prend place derrière le piano, Amanda s'empare du microphone. Voilà venu le moment où elle entonne la première chanson de la soirée. Du coin de l'œil, il épie ses gestes, les expressions de son visage mouvant, sa bouche grimaçante, ses yeux qui fixent de temps à autre un point dans la salle, on ne sait où, un tour d'horizon jeté à la volée, n'importe où, à tout le monde et personne à la fois. Il le sait, après le spectacle, il va l'inviter à boire un verre avec Thomas, jusque là, rien d'extraordinaire, puisqu'ils ont coutume de se réunir après chaque fin de représentation. Mais il appréhende l'embarras qui le contaminera et le dominera sans doute. Happé par le trouble, parce qu'il connaît ses intentions pour elle, détiendra-t-il l'aplomb nécessaire pour les déguiser ? Il imagine Amanda en médium, devinant déjà ses désirs. Si cette idée persiste, elle le bloquera et l'empêchera d'avouer ses sentiments, il perdra son naturel, il en est convaincu. Tant bien que mal, il se rassure en envisageant une dernière solution, refouler les élans de son cœur et se taire. Un remède lâche, mais qui pourra le sauver si la situation devient trop embarrassante.

Tous les trois se retrouvent attablés devant une boisson. Un verre de jus de fruits entre les mains lui sert de contenance. Gabriel le savoure lentement par à-coups. À l'affût de son intériorité quant à la suite des événements, il écoute d'une oreille distraite les autocritiques entre les deux acolytes à propos de leur travail. Amanda demande l'avis de Gabriel jusque-là maintenu à l'écart de leur aparté.

Il se contente d'émettre l'opinion d'un commerçant, écarte l'intention inappropriée d'un point de vue professionnelle vers lequel il ne peut s'aventurer : « Vous êtes excellents, vous n'avez qu'à entendre les applaudissements de la clientèle et remarquer le plaisir qu'elle reçoit à vous écouter, ils en redemandent, je vous félicite ».

Puis Thomas part, Gabriel se retrouve en tête-à-tête avec Amanda. La chanteuse se lève à son tour, prête à le suivre. C'est cette attitude inopinée qui le surprend, accélère ses prévisions et le sauve. Sans réfléchir, il la retient par le bras, lui-même épaté de sa soudaine spontanéité : « restez un instant, je reviens dans deux minutes ».

Les événements se brusquent, l'urgence est là, sans attendre, il tourne les talons, disparaît et réapparaît les bras encombrés de la botte de roses achetées quelques heures auparavant. Debout, plantée à côté de la chaise, Amanda a l'air hésitante. Puis elle prend le bouquet d'une main, remercie Gabriel avec humour.

— Qu'est-ce qui me vaut l'honneur de ce cadeau ? Ce n'est ni mon anniversaire, ni la Saint-Valentin. Gabriel saute sur l'occasion qu'elle lui tend :

— Ça pourrait le devenir !

— Quoi ?

Sitôt, un rire les réunit. Amanda ignore l'enveloppe enfouie dans le bouquet. L'a-t-elle repérée en douce et sa pudeur lui interdit-elle de la décacheter devant lui, ou bien manque-t-elle tout simplement d'égards ? Il n'en sait rien et n'obtiendra pas de réponse, car elle n'évoquera jamais l'existence du carton dissimulé dans l'emballage et il ne la questionnera pas. Après quoi, dans un élan, elle l'embrasse sur les joues avant de partir.

Le désir de lui offrir un cadeau est venu à la suite d'une conversation qu'il a entendue entre Thomas et Amanda un soir qu'ils s'accoudaient en face d'un verre assis derrière le bar. Elle parlait suffisamment fort pour que des bribes de ses confidences parviennent aux oreilles du jeune restaurateur alors qu'il passait à côté d'eux et qu'elle annonçait à son ami sa séparation avec l'homme qui partageait sa vie. C'est à cet instant précisément que Gabriel a légitimé l'espoir de la conquérir, En tous les cas, devant la voie libre, rien ne s'opposait plus à ce qu'il tente sa chance.

Cependant, il a conscience des risques auxquels il s'expose. Qui ne désire pas rester seul après une déception amoureuse, prendre le temps nécessaire à la guérison de son amour-propre ? À moins, au contraire, qu'elle appartienne à la catégorie de celles qui se consolent en se jetant dans les bras d'un nouvel amant avec le sentiment de retrouver l'estime d'elle-même dans les yeux d'un autre ? Ou encore plus regrettable, peut-être ne correspond-il pas au genre d'homme auquel elle se destine ? Comme ni l'une ni l'autre de ces circonstances peu gratifiantes ne lui plaisent, il les échange avec l'idée de la possibilité d'un amour sincère. Tout à son discernement, il rentre chez lui l'esprit enclin à la rêverie. Il imagine Amanda en train de délier les roses et de les mettre en place de façon harmonieuse dans un vase, de découvrir l'enveloppe et d'en lire le contenu. Malgré l'heure tardive, encore tout excité des suites du dernier quart d'heure partagé avec elle, il n'éprouve pas l'envie de dormir. Si bien qu'il se penche à nouveau sur le cas d'Alex. Où se cache t-il ?

Il aimerait bien rompre avec l'abattement que lui procure cette histoire, il s'approche de l'ordinateur, s'assied derrière l'écran qui s'allume, espère découvrir une réponse d'Alex à son message succinct. Est-il parti en voyage à l'étranger ? Seul ou avec Aurélie ? Dérouté, il clique dans *messenger* où s'affiche un message en attente d'être lu. Une courte phrase d'Alex : *c'est trop tard, je n'ai plus besoin de vous dorénavant. Le mal est fait depuis longtemps.*

Il ignore donc la mort de Flore. Où peut-être agit-il avec ruse, essaie-t-il de tromper l'adversaire. *Le mal est fait depuis longtemps.* Quel est ce mal ? En quelques minutes, l'âpreté du mystère autour d'Alex le détourne du rêve qu'il vivait auprès d'Amanda, il y a seulement une heure. Il se sent atteint de paranoïa aiguë. Il quitte la page facebook de Flore et consulte ses propres mails. Rémi lui a écrit. Il évoque son intention de venir avec Nathalie plusieurs jours pendant le week-end du 15 août sur la Côte d'Azur, ils profiteront de leur passage pour visiter la région qu'ils ne connaissent pas. Sans perdre de temps, heureux de cette bonne nouvelle, Gabriel rédige une brève réponse à son ami :

Bonjour Rémi,

Quel bonheur de te lire ! Je vous attends avec impatience toi et Nathalie. Dans la grande maison où je vis désormais seul, une chambre se tient à votre disposition. À l'occasion, renseigne-moi sur le jour et l'horaire de votre arrivée, que je vienne vous chercher. Je vous embrasse. À bientôt. Gabriel.

Tout à coup, la nostalgie se faufile entre les lignes qu'il adresse à son ami et le ballet des souvenirs le fait voyager jusqu'à la capitale, le renvoie un instant au groupe de camarades avec lequel il a partagé tant d'années d'études. De retour dans le présent, il se met au lit tard dans la nuit puis s'endort. Ses rêves perturbent son sommeil. Sur une estrade, dans un lieu énigmatique qui appartient au champ onirique, Amanda jette une gerbe de roses dans les airs qui, après plusieurs pirouettes en tous sens, redescendent en pluie avant de tapisser le sol. Il accède à une autre image, disparate. La chanteuse, souriante, prend un bain dont la surface de l'eau, parsemée de pétales qui flottent au-dessus de son corps, l'immerge et le rendent invisible.

De nombreuses festivités pimentent la saison d'été. Gabriel prévoit d'emmener ses amis à un concert. Avec l'arrivée de Rémi et Nathalie, la maison se remplira, les murs se chargeront de leur présence, l'espace ne renverra plus l'écho du vide. Dans les jours qui suivent, une impatience de les revoir l'habite. Au restaurant, on dirait un voyageur en transit, un aventurier descendu d'un vol à l'aéroport, attendant dans une salle le prochain avion qui l'emportera vers une nouvelle destination.

Fou de joie à la pensée de ces retrouvailles proches, ses investigations sur Alex perdent provisoirement de l'envergure. Elles s'éclipsent derrière un brouillard épais dans lequel il ne veut plus se hasarder dans l'immédiat. Sa prévenance à l'égard d'Amanda et de la clientèle s'accroît, le sourire n'abandonne plus ses lèvres, les plaisanteries s'additionnent auprès du personnel inaccoutumé à une telle désinvolture.

Avant d'accueillir ses amis, Gabriel consacre une soirée entière à nettoyer et à ranger la maison la veille de leur arrivée. Avec soin, il prépare la chambre qu'il leur réserve et habille le matelas de draps neufs. Pendant qu'il s'active, il lève la tête vers le mur où se dresse face au lit, une bibliothèque envahie de livres serrés les uns contre les autres, prêts à étouffer. Il dépoussière la collection de sa défunte mère et en examine la quantité, parcourt chaque alignement d'ouvrages, en consulte quelques-uns au hasard et remarque qu'elle contient plusieurs volumes reliés en cuir. Le buste penché, le cou en torsion, il parvient dans cette posture inconfortable à lire les titres imprimés sur la tranche des bouquins. Devant l'assortiment de livres qu'il redécouvre, il en extrait un et son geste provoque un déséquilibre, les livres s'écroulent sur l'empilement opposé.

Progressivement, Gabriel passe en revue l'ensemble des œuvres. Dans le but d'admirer la masse compacte et rigide contre le mur, il recule de plusieurs pas, lorsqu'un rectangle blanc échoué entre le lit et la bibliothèque, qui se détache de la couleur sombre du sol, attire son regard. En sueur, il se baisse, examine la face du bout de carton clair où est inscrit :

Alex Dambri - Professeur de guitare

06 44 63 71 11

Sous l'effet de la surprise, il demeure immobile un long moment à contempler les inscriptions qui se figent sous ses yeux, puis, dans un réflexe, il glisse la carte de visite dans la poche de son pantalon. Ses jambes flottent sous son buste, il s'affale dans le canapé, extirpe de nouveau l'objet de sa découverte de son jean, il tient entre ses mains le moyen d'accéder à Alex.

CHAPITRE 12

Le train bondé en provenance de Paris entre en gare. Bientôt, une horde de voyageurs chargés de bagages descend des wagons et défile sous les yeux de Gabriel, puis soudain, la silhouette de Nathalie se profile au loin, escortée par Rémi qui traîne une valise à roulettes derrière lui. S'ensuivent les effusions des retrouvailles. Gabriel redécouvre le regard joyeux de Rémi tandis que Nathalie, toutes dents dehors, affiche un sourire généreux.

Le jeune restaurateur ravale ses émotions quand ses deux camarades compatissent au drame que vit leur ami. Quelques semaines demeurent un espace-temps insuffisant pour accepter la mort de sa mère. Mais il tient à garder sa dignité, à ne pas offrir l'image peu flatteuse d'un type déprimé, larmoyant, complaisant. L'attente s'est montrée interminable, le plaisir de les retrouver amortit aussi le gouffre du vide. À l'occasion de leur premier voyage dans la région il veut assurer. Dans la voiture, sur le chemin du retour, un bouillonnement heureux et libérateur emplit l'habitacle. À demeure, tout en prenant des nouvelles de l'université parisienne, ils arpentent le jardin et visitent la maison, Gabriel les conduit ensuite jusqu'à la chambre qu'il leur a réservée et se retire dans le séjour. Au bout d'un quart d'heure, Rémi rejoint son ami, ils discutent encore un moment. Gabriel, contraint de retourner à ses obligations, lui remet un double des clés de la maison et du portail et dit avant de s'en aller :

— Si vous avez envie de vous promener, vous pouvez utiliser le vélo de ma mère et le mien entreposés dans le garage. Il sourit tout en adressant un clin d'œil à Rémi. Puis il ajoute :

— Tu ne connais pas du tout la région Rémi ?

— Non, mais je compte sur toi pour les visites. Je pense que l'on va se reposer cet après-midi, répond l'ami. À ce soir.

— Bien entendu. Je vous confie la maison alors !

— À ce soir Gaby.

Une tape bienveillante sur l'épaule de Gabriel accompagne ses paroles. Gaby, un surnom improvisé par Rémi un jour qu'ils écoutaient la célèbre chanson d'Alain Bashung « Gaby » à la résidence d'étudiants. Un microphone imaginaire à la main tourné vers Gabriel, Rémi chantait à tue-tête avec frénésie. Déchaîné, il reprenait son couplet favori :

« En r'gardant les résultats d'son check-up

Un requin qui fumait plus a rallumé son clop

ça fait frémir,

faut savoir dire stop

Tu sais, c'est comme ce type qui voudrait que j'me soigne

Et qu'abandonne son clebs au mois d'août en Espagne **[…]** »

Maintenant qu'il sait Rémi et Nathalie à une maigre distance de lui, il ne supporte pas le devoir qui l'attend. A son travail, victime de sa démotivation, la moindre futilité l'agace, il virevolte en tous sens, même son oncle Patrick venu en renfort, désemparé par sa façon d'agir le remarque et s'assure que tout va bien. Pris d'un grain de folie, Gabriel, d'ordinaire si posé, si tranquille, si discret, surprend et décontenance son monde par le dévoilement d'une facette méconnue de sa personnalité.

Ainsi, avec une égale pétulance, il appelle Amanda et sur un ton plaisantin lui demande si elle accepterait de se faire « kidnapper » à l'occasion d'un dîner avec ses amis. Soucieuse du sort de Thomas qui devra animer seul la soirée, elle hésite et après que Gabriel l'ait rassuré en lui disant qu'il préviendrait Thomas, Amanda finit par accepter. Gabriel la retrouve en fin de journée devant le restaurant. Sur le chemin du retour, alors que le soleil décline, il emboîte le pas de leurs ombres crépusculaires, attise le feu de leur bavardage.

Au milieu du jardin, ses deux amis ont l'air paisibles abrités de l'insolation. Nathalie porte un chapeau de paille, tandis que le crâne de Rémi supporte une casquette. Leurs corps sont étendus dans un transat, côte à côte, sur la toile épaisse qui ploie sous eux et s'arrondit au point culminant marquant la forme de leur fesse. Elle, les paupières closes, son visage rond offert aux derniers rayons du jour pendant que Rémi est absorbé dans une profonde méditation, un livre ouvert retourné sur les genoux, une main soutenant sa tête, les yeux dirigés vers ses cuisses. Gabriel s'avance dans leur direction, Amanda dans sa trace. Après les présentations, il prend un ton narquois :

— Je constate que la vie est belle pendant que je travaille ! Vous ne vous êtes pas trop ennuyés ?

— Ennuyés ? Tu plaisantes, dit Rémi. Nous n'avons pas vu le temps passer.

Et comme l'humour des deux compères n'a pas pris une ride, il ironise :

— Tu aurais ce courage toi, de rester des heures immobiles sous le soleil à attendre d'obtenir ce joli grain de peau cuivrée ?

Il bombe son torse glabre en caressant son épiderme. Gabriel dans un éclat de rire demande :

— Qu'est-ce que tu lis ?

— Un livre sur la dermatologie. Comme tu vois, malgré mon allure de vacancier, je travaille, Gaby. Et il tend le bras, poing fermé de manière à atteindre son ami qu'il chahute.

— Tu vas choisir cette spécialité ou c'est de la pure curiosité ?

Rémi reprend son sérieux :

— Je n'en sais rien encore. La transition des vacances me laisse encore un peu de temps pour me décider.

Gabriel, qui change de conversation :

— Vous voulez que nous allions nous ravitailler pour le repas de ce soir ? Et puis nous pourrions nous rendre à un concert après le dîner ? Qu'est-ce que vous dites de ce programme ?

À ce moment-là, Nathalie réagit :

— Ah oui ! Je suis motivée pour un spectacle, et toi, Rémi ? Demande-t-elle en se tournant vers son compagnon.

— Allez, bougeons. Nous avons assez paressé.

À l'heure du dîner, les tâches sont réparties. Dans la cuisine, Nathalie et Gabriel s'affairent. Elle prépare une salade composée de légumes crus qu'elle présente dans un large plat en une belle rosace. Au cercle de tomates posées sur le bord externe du récipient, succède celui des rondelles de concombre enchevêtrées les unes sur les autres. Un tas de carottes râpées réunies au centre comble l'unique espace encore vierge de l'immense assiette, le tout décoré de morceaux d'avocat découpés en demi-lune. Dans un bol, elle prépare une vinaigrette. De son côté, Gabriel dispose des dorades à la provençale dans le plat du four.

Rémi et Amanda, restés dehors, font connaissance en dressant la table. Rapidement, derrière les assiettes, les langues se délient. Amanda, la nouvelle venue au sein du groupe garde sa réserve, elle ne prend part à la conversation que lorsque le trio d'amis cesse d'évoquer des souvenirs communs desquels elle se sent exclue. Elle reste de glace aux rires déclenchés à la mémoire d'instants passés qui ne lui évoque rien, en ressent une frustration. Gabriel s'adresse à Nathalie :

— Et toi, Nat, tu as une idée de la branche où tu veux te spécialiser ?

— Je suis tentée par la gynécologie, confie-t-elle. Mais je vais devoir effectuer encore beaucoup d'années d'études, je ne sais pas si mon courage suivra la distance à venir.

Soudain, Rémi prend la parole :

— Tu ne regrettes pas ton choix Gaby ?

Gabriel tourne d'abord son regard vers Amanda toujours silencieuse, puis en direction de ses amis avant de se livrer :

— Non, je suis heureux ici. Et puis, ce changement brutal s'est imposé à moi. Je me suis réveillé un matin ma décision prise. Je devais reprendre le restaurant de ma mère. Depuis, je n'ai pas le moindre regret, hormis celui de ne plus être à vos côtés bien sûr.

Avec tout son sérieux, Rémi se confie à son tour, émet son point de vue :

— Ce que je vais te dire va sans doute te paraître monstrueux, mais honnêtement, je t'envie presque. Mais entends-moi bien, je ne relie pas mes paroles au malheur d'avoir perdu ta mère, qui lui, bien sûr, n'est pas à envier. Mais paradoxalement, disons que cet accident a provoqué un choc et a déclenché une transformation dans ta vie. Tu vois, parfois, je me vois comme un individu qui roule à toute vitesse sur une autoroute, sur une longue ligne droite que je traverse sans aucun tournant, je la suis, somnolent. Et bien, c'est cette situation trop lisse que j'ai envie de remettre en question.

Sur le ton d'une fausse légèreté, Gabriel rétorque :

— Si tu décides d'arrêter la médecine, tu pourras toujours te recycler comme restaurateur alors !

À ce trait d'esprit, tous les quatre, sourient.

Nathalie, curieuse, interroge Amanda.

— Vous chantez depuis longtemps ?

— Oui, une vingtaine d'années. Mes parents sont musiciens, mon père dirigeait un orchestre et ma mère jouait de la harpe. J'ai commencé avec cet instrument, mais je n'ai pas aimé. Je préférai le chant. Elle m'a inscrite très jeune à des cours, ensuite, j'en ai fait ma profession.

Gabriel propose :

— Et si l'on prenait le dessert ? Dépêchons-nous quand même si l'on ne veut pas rater le début du concert.

— Où a-t-il lieu ? Interroge Nathalie

— En plein air sur la plage, sur une grande estrade surplombant la mer.

Repus, ils sortent quand la nuit empiète sur la lumière du jour. Dans une synchronisation parfaite, l'éclairage des lampadaires colore les trottoirs d'auréoles jaunâtres. La musique s'entend de loin, le son s'accentue au fil de leurs pas, il guide les quatre jeunes gens dans la bonne direction, nul besoin de système de navigation pour atteindre l'emplacement du concert. Une foule s'est amassée tout autour de l'estrade. Après avoir accordé leurs instruments, le groupe de musiciens s'échauffe. Ils jouent un premier morceau, la reprise d'une célèbre chanson française « Je rêvais d'un autre monde ». Ils assistent, en retrait de la scène, au spectacle debout les pieds ensablés au milieu de l'affluence environnante.

Gabriel balaye du regard les musiciens, il scrute le guitariste, est-ce l'endroit où il va découvrir Alex ? Mais si l'éloignement l'empêche de distinguer la couleur de ses yeux, il voit à sa peau blanche qu'il ne correspond pas à la description d'Amanda. Elle avait aussi évoqué la beauté d'Alex, mais il ne s'agissait après tout que de son avis personnel très subjectif. Lui pense que certaines beautés ne recèlent aucun charme, elles ressemblent à ces photos que l'on voit dans les magazines sur papier glacé, des visages et des corps à l'apparence flatteuse et trompeuse. Des traits trop parfaits le laissent insensible. Une heure durant, sur la plage, ils écoutent, immobiles, les mélodies programmées jusqu'au moment où, las de la position statique autant que de la sonorité tonitruante, ils rebroussent chemin. Gabriel raccompagne Amanda à son domicile pendant que le couple d'amis s'en va de leurs côtés.

Pendant les deux jours qui suivent, à la demande de son neveu l'oncle, Patrick prend en charge le restaurant. Ainsi, Gabriel peut consacrer ce temps libre à Rémi et Nathalie. Il veut faire découvrir la belle région où il vit. Il les entraîne tout d'abord dans un village médiéval perché dans les montagnes à Saint-Paul-de-Vence qui surplombe la mer.

Ils sillonnent durant plusieurs heures les ruelles, les porches, les jardins, les arches, les fontaines, à s'attarder sur les vues prodigieuses en longeant les remparts, à admirer l'architecture des maisons en pierres, à visiter les galeries d'art et les musées.

En milieu d'après-midi, ils partent en direction de Vallauris, un autre bourg dans la tradition provençal niché à l'intérieur des terres. Là, ils participent à une escapade historique, Rémi et Nathalie découvrent le passé artisanal du lieu vivant de la poterie depuis le début de notre ère grâce à un sol riche en argile. Nathalie croque dans ses économies et achète un vase en faïence.

Pour leur ultime journée, ensemble, ils accèdent à l'île Sainte-Marguerite en bateau. Tout est réuni dans un assemblage parfait : des petites bâtisses de pêcheurs au chant des cigales, l'odeur des pins d'Alep, le frôlement des vagues sur le rivage, loin du tumulte de la ville, ils aboutissent à un enchantement immédiat. C'est dans ce cadre paradisiaque qu'ils s'arrêtent pour déjeuner avant de s'aventurer sur les sentiers balisés pour une promenade aux senteurs d'eucalyptus. Ils se reposent dans une crique à l'eau limpide, s'offrent un dernier bain avant de regagner l'embarcation qui les ramène sur la côte.

ALEX

CHAPITRE 13

Plus rien ne presse depuis que Rémi et Nathalie ont quitté les lieux. Gabriel traîne au restaurant après les heures de service, il retarde le moment du retour vers sa demeure parce que leur voix résonne encore dans la maison désertée, son regard ne croise qu'un silence qui broie l'empreinte de leur passage. Il cherche en vain à combler leur absence. La réplique du désert, du néant après chaque séparation, entraînera-t-elle toujours derrière elle un déchirement dans la chair, une boule invisible sur les parois de la gorge qui donne la sensation de l'étranglement ? Comment accueillir le naufragé sauvé qu'il est, qui tente d'embrasser le renouveau, qui veut éviter de remuer la poussière sèche sous ses talons, qui fuit le nuage aveuglant qu'elle saupoudre alentour de lui quand la nostalgie s'invite malgré son insistance, à lui, à la détruire ?

Le jeune homme rejoint la chambre, attrape son jean abandonné sur le lit d'où il retire de la poche la carte de visite d'Alex Dambri trouvée quelques jours auparavant sur le sol. Gabriel compose le numéro de téléphone gravé à l'encre noire. Dans l'expectative, l'oreille se heurte à la monotonie des sonneries répétitives qui harcèle son tympan, puis une intonation masculine les interrompt :

— Bonjour, Alex Dambri.

La voix lui arrive comme une secousse, indifférente à ses raisons enfouies. Il se sent tout à coup décontenancé :

— Je cherche à suivre des cours de guitare.

— Comment avez-vous obtenu mes coordonnées ?

Dérouté par la question, Gabriel improvise :

— C'est une amie qui m'a transmis votre numéro de téléphone. Vous êtes professeur de guitare, n'est-ce pas ?

— Oui. Je donne des cours particuliers et j'exerce également au sein d'une association de musique. Vous avez déjà joué ?

— Non, jamais.

— Malheureusement, l'association n'inscrit plus de nouveaux adhérents, le niveau débutant qui démarre à la rentrée est complet. Par contre, il me reste des créneaux horaires disponibles en cours particulier. Possédez-vous une guitare ?

Quelle étrangeté d'entendre la voix de l'être convoité sans en connaître le visage. Quelle singularité, cette conversation ordinaire qui n'en possède que les contours. Elle ne ressemble qu'à une confrontation encore dissoute dans les apparences, qu'à une irruption angoissante, la rencontre de celui qui sait contre celui qui en méconnaît les vraies raisons.

— Non, quel type de guitare dois-je me procurer ?

— Oh, pour un débutant, un instrument de premier prix, une centaine d'euros, c'est suffisant. Il existe un magasin spécialisé à Nice. Les cours ont lieu 18 rue de l'hôtel des postes à Nice. Ce n'est pas très loin de la place Masséna. 1er étage à gauche. Vous trouverez mon nom sur l'interphone de l'immeuble.

Gabriel griffonne d'une écriture gauche l'adresse sur une feuille déchirée qu'il parvient à maintenir stable en appuyant dessus à l'aide de sa main.

— Peut-on fixer un rendez-vous ?

— Deux secondes, je consulte mon agenda.

Plusieurs minutes s'écoulent, le silence se dresse entre eux et le téléphone avant que la voix revienne :

— Vous êtes disponible en journée ou en soirée ?

— Le lundi, je suis entièrement libre.

— De 15 h à 16 h ça vous irait ?

— Parfait.

Puis Alex l'informe sur les conditions d'inscription au cours :

— Le tarif horaire est de 15 euros. La première séance reste gratuite. Si vous désirez poursuivre après la leçon d'essai, je propose des forfaits mensuel, trimestriel ou annuel.

— C'est entendu. À lundi prochain.

Cette fois, il raccroche, sous le choc. Il réalise désormais qu'il tient sa proie. Grâce à un menu morceau de carton perdu, échu par hasard sur le carrelage d'une chambre, après tant de jours écoulés à enquêter sur le voleur, il va enfin découvrir le visage de l'homme énigmatique. Tout se bouscule dans sa tête, à la fois pressé de rencontrer le correspondant de sa mère et interrogatif quant à l'issue de ce face-à-face.

Ce soir-là, le restaurant fait salle comble. Après le week-end du 15 août, beaucoup de touristes fréquentent encore la région et l'excellente réputation de l'établissement ne cesse d'amener de nouvelles bouches. Les plus courageux, imprévoyants ou opportunistes s'aventurent et tentent leur chance à l'improviste. Sans réservation, ils se rangent par ordre d'arrivée à l'extérieur en attendant qu'une table se libère pour dîner.

Amanda, le microphone entre les mains, entonne une chanson de Lara Fabian « Je t'aime » dans une robe vaporeuse à fleurs bleu ciel sur fond beige, s'évasant par le bas d'un rang de volants. Le jeune responsable va-et-vient au milieu des tables. Discrètement, il s'assure du bon déroulement du service, il reçoit les compliments de la clientèle, quand d'autres, intrigués par la composition d'un mets à la carte l'interrogent sur sa texture. Bien après, quand la chanteuse s'éclipse de la scène, laissant Thomas en solo au piano, qu'elle se rafraîchit au bar avec une boisson entre les mains, Gabriel la rejoint. Ils discutent et il l'invite à prendre un verre chez lui. Bien plus tard encore, ils longent à pied le bord de mer avant de s'engouffrer dans la voiture garée à proximité des plages. Pendant qu'il conduit, il lui propose de choisir la musique qui lui plaît parmi les CD rangés dans la boîte à gants devant elle.

Le véhicule s'engage dans une rue sombre qui mène à la maison, que des éclairages distants les uns des autres, aux lueurs discrètes et parcimonieuses s'efforcent d'égayer. Sur le pas de la porte, il peine à discerner le trou de la serrure, atteint enfin la cavité après plusieurs tentatives déçues, enfonce la clé à l'intérieur.

Dans l'entrée obscure, alors que sa main erre et court sur le mur à la recherche de l'interrupteur du couloir, celle d'Amanda vient se poser sur la sienne, la retenant bloquée contre le mur. Puis elle le pousse sans hésitation contre la paroi, presse son corps contre le sien et l'embrasse. Gabriel ne s'attendait pas à une telle initiative. Il coule dans le baiser offert, rendu plus sensuel, plus doux, moins sauvage au moment où il glisse ses doigts dans les cheveux longs d'Amanda, effleure son cou de ses lèvres, touche ses épaules. Il détecte un frisson quand il frôle son décolleté, que les bretelles de sa robe tombent de chaque côté de ses bras d'où se dégagent des seins fermes et généreux

sous ses caresses. Puis il attrape la main d'Amanda et l'entraîne à l'étage dans la chambre.

CHAPITRE 14

Après la réjouissance d'une nuit érotique, le lendemain, jour où il doit se rendre à son premier rendez-vous avec Alex, il emporte dans sa chair le goût du libertinage. Ces dernières semaines, le changement s'invite partout dans sa vie, franchit des terrains inexplorés jusque-là, où les aventures en tout genre se jettent sur sa route. Tout d'abord converti en restaurateur, il endosse du jour au lendemain le rôle de directeur, puis successivement prend l'habit d'un détective prêt à résoudre une énigme. À cela, s'ajoute une rencontre amoureuse improbable avec une femme de quinze ans son aînée, et le voilà maintenant traînant avec lui l'instrument neuf acquit quelques jours auparavant dans un magasin de musique, enclin à devenir apprenti guitariste. Autant de feintes imprévisibles du destin qui se joue. Quelle aubaine ce minuscule rectangle blanc retrouvé par terre, comme tombé du ciel à ses pieds ! Un peu de lumière réduite à un point minuscule au bout d'un tunnel à mesure que le temps passait qui soudain, s'élargit, semblable à une cavité élastique ouvrant sa porte sur la clarté.

Désormais près du but, d'autres enjeux se dressent, il va devoir prouver son discernement, ne pas paniquer, s'appliquer à mener tout doucement cette rencontre à sa finalité. Au volant de sa voiture, Gabriel allume la radio, il compte sur le pouvoir de la musique pour le détendre, mais de toute évidence, son corps se raidit au fil des kilomètres. Malgré le bien-être des frasques amoureuses de la veille, ses pensées s'ancrent par degrés successifs dans l'épaisseur du rapprochement avec l'ennemi.

Plusieurs centaines de mètres le séparent maintenant du lieu de son rendez-vous une fois son véhicule garé. Le nez dehors, il claque la portière, le regard levé vers le ciel d'un bleu sans taches. L'éblouissant soleil qui inonde la rue réduit ses paupières à deux fines fentes. Il marche jusqu'à la devanture d'une lourde porte en bois ornée de moulures. Il la pousse avec force, un grincement s'ensuit alors qu'il disparaît dans le hall. Il emprunte des escaliers qui le hissent au premier étage. Sur le palier, sa main s'élève au niveau d'une sonnette où est inscrit en lettres capitales le nom d'Alex recouvert d'un plastique dur. Pas un bruit ne s'extrait de l'appartement. Il appuie. Un son strident s'échappe venu rendre la vie à cet espace froid, clos et calme.

La porte s'ouvre, le voilà face à l'homme rattrapé. La vague description d'Amanda l'aide pourtant à le reconnaître. Dans le détail, grand et svelte, la trentaine, la peau claire et dorée, à mi-chemin entre la teinte du café au lait et celle du caramel, des yeux bleu-gris trop écartés de chaque côté d'un nez épaté. Gabriel ne partage pas l'avis d'Amanda, il possède un physique ordinaire. Le torse imberbe revêt une chemise en jean déboutonnée, il porte un pantalon ample en toile souple, il ressemble à un personnage qui s'est emparé de n'importe quel habit enfilé à la hâte à portée de main avant de se présenter. Décontracté, le sourire aux lèvres, il invite Gabriel à pénétrer au cœur de son microcosme.

Il se retrouve au centre d'une large pièce, dont un des murs de briques est entièrement recouvert de splendides guitares encadrées et accrochées comme des œuvres d'art. Une double baie vitrée tourne le dos à un canapé en cuir, une guitare repose en équilibre sur un coussin dont la housse est décorée du drapeau anglais. Une table basse en bois massif sur roulette remplit l'espace devant le sofa, tandis que sur le côté, le long du mur, un buffet dans le style des années 60 complète l'ameublement. La première impression visuelle révèle un niveau de vie élevé. « Il peut se le permettre, avec tout l'argent que ma mère lui a versé », pense Gabriel. Il s'avance dans le craquement du parquet ciré et brillant sous ses pas avant de prendre place sur le fauteuil en cuir assorti au canapé. Et sur le même ton informel que son allure générale, Alex demande à son invité s'il désire un café.

Après cet accueil somme toute amical, voire banal, alors que la circonstance s'y oppose, une incompatibilité se faufile entre l'air sympathique de l'individu, le secret qui entoure sa personnalité et la raison pour laquelle Gabriel demeure en sa présence.

Gabriel accepte l'offre. Tout en rapportant la cafetière, Alex poursuit :

— Donc, vous n'avez jamais pratiqué la musique ? Vous n'avez jamais joué d'aucun instrument ?

— Absolument, je suis néophyte dans ce domaine, affirme Gabriel.

— Ce n'est pas plus mal. Bien souvent, les autodidactes acquièrent de mauvaises habitudes en prenant l'initiative de débuter seuls, c'est difficile ensuite de s'en débarrasser et de revenir à des bases fiables. Ce que j'avance manque d'originalité, je n'invente rien, c'est une règle commune à tous les apprentissages.

Gabriel est toute ouïe face à son adversaire. Ce type a l'air sérieux, mais le temps le confirmera, pense-t-il. Il met un point d'honneur à ne pas douter des compétences musicales d'Alex. En ce domaine, il doit oublier ses préjugés, liés à la véritable raison de sa présence. Il se contente alors d'écouter, de se livrer au rôle d'élève en présence du maître, d'observer et s'abandonne à sa première leçon de guitare. Alex va lui apprendre les huit accords qui lui permettront de jouer des milliers de chansons, la façon de placer ses doigts pour bien faire sonner les accords. Dans un premier temps, il se soumet aux compétences du jeune métis. Il regarde comment Alex place ses mains élancées sur les cordes de l'instrument, puis reproduit la gestuelle avec la minutie de son professeur qu'il cherche à imiter. Il remarque qu'Alex se ronge les ongles bien qu'il ne paraisse pas nerveux. Par anxiété alors ? Même celui de son pouce droit est mangé. Certains guitaristes le gardent volontairement long dans le but de jouer avec franchise et précision, d'obtenir une sonorité fine, une meilleure efficacité que lorsqu'ils utilisent le côté du doigt. En compensation, Alex a placé un onglet à son pouce.

Concentré sur ses conseils, son nouvel élève ne s'intéresse plus qu'à la théorie et à la pratique du cours dispensé. Il est trop tôt de toute façon pour pénétrer l'univers personnel d'Alex. Brusquer l'ordre des événements ne ferait qu'engendrer de la méfiance. Une fois l'heure de la leçon écoulée, Alex fait part de ses commentaires :

— Ce n'est pas mal du tout pour un début. J'aimerais connaître votre premier ressenti après ce cours.

Ainsi posée, la question happe Gabriel qui tâtonne :

— J'ai des difficultés à me faire une idée précise, pour une personne qui, comme moi, ne connaît rien à la musique, je dois certainement patienter encore avant de savoir exactement ce que j'éprouve.

— On se revoit lundi prochain alors ?

Alex lui tend une franche poignée de main avant de le reconduire jusqu'à la porte.

Sur la route du retour, un rire nerveux s'empare de Gabriel quand il songe à cette histoire qui le pousse à s'inventer un intérêt pour la musique alors que l'idée ne l'avait jamais effleurée, ni dans l'enfance, ni à l'adolescence et encore moins pendant ses années d'études de médecine où son temps se révélait si précieux. Subitement, il se sent ridicule. Il ne pourra se contenter durablement de l'artificielle cordialité d'Alex. Et s'il n'avait été qu'un racketteur de passage dans la vie de sa mère ? Tant bien même, il mérite une leçon lui aussi.

Après sa première initiation, Gabriel voue son temps libre à répéter avec persévérance le seul morceau qu'il connaît. De son côté, Amanda s'étonne et se réjouit que son amant entreprenne de jouer de la guitare. Elle interprète ce signe comme une relation de cause à effet entre son appétit pour l'instrument musical et leur récente idylle. Puisqu'elle est chanteuse, il s'efforce de lui plaire en recourant à une voie qui ne peut que les rapprocher davantage. Pourtant, déduction faite, au cours d'une conversation où elle déploie toute son énergie à en percer la raison, intriguée malgré tout par l'émergence d'une passion si brutale et évaluant qu'une réponse mettrait un terme à ses fantasmes, la déception l'attend au virage. Gabriel, évasif, replié, forcé, évoque un besoin de se changer les idées, de sortir du train-train journalier, ni plus ni moins. L'utopie s'effondre. Mais le jeune homme, coincé dans l'étau de son secret, ne perçoit pas l'ombre qui s'étend sur les traits du visage déçu d'Amanda, il n'établit pas la relation avec l'espoir qu'elle cultivait.

Au cours des séances ultérieures, Gabriel fait preuve de curiosité en s'intéressant aux guitares accrochées au mur comme des tableaux dans un musée chez Alex. De ses interrogations, il apprend qu'Alex est collectionneur. Après plusieurs leçons, ses performances musicales évoluent, l'aisance avec laquelle il manie l'instrument lui permet de jouer en évitant les fausses notes. Les encouragements et les félicitations de son professeur participent de toute évidence à la progression et à la métamorphose artistique de Gabriel. Il lui conseille de viser un niveau toujours supérieur au palier déjà atteint afin de gravir les hauteurs de l'échelle de la perfection. Il affirme :

— Les plus prestigieux musiciens existent aussi pour être imités, copiés. C'est de cette manière-là qu'ensuite, vous deviendrez un auteur-compositeur et un guitariste reconnu.

Gabriel, qui ne détient pas l'ambition d'entreprendre une carrière artistique, se tait sans pouvoir écarter les motivations profondes qui l'ont conduit à cette situation. Il utilise juste le moyen qui lui permet d'entretenir un contact avec Alex. S'intéresser à la musique lui fournira tôt ou tard une issue, sa patience payera, la fidélité à ses cours en maximise l'enjeu.

Après deux mois d'apprentissage, Gabriel choisit un abonnement trimestriel. Hormis l'accès à sa nouvelle passion et ses progrès incontestables, dans l'immédiat, son objectif premier demeure au point mort. Alex, avec habileté, a érigé un mur qui empêche les discussions dépassant le cadre des leçons. Sans doute tient-il à sa réputation, n'entend-il pas passer pour un dilettante. En ce sens, Gabriel ne lui reproche rien, il en a pour ses frais, sa satisfaction est comblée, les choses à leur place, le problème demeure en dehors de ces considérations. Pourtant, Alex lui rendrait la tâche plus aisée s'ils abordaient d'autres sujets ensemble. De son côté, après quelques essais, Gabriel s'est vite aperçu qu'Alex refermait rapidement toutes tentatives de conversations extérieures à la musique.

En fin de compte, le jeune restaurateur compte sur la durée de leur relation pour atteindre la confiance d'Alex, c'est sur elle qu'il doit parier à l'image d'un joueur de poker qui cache ses intentions et accepte de dépenser de l'argent avec le risque de ne jamais gagner la partie. Transformer son ennemi en ami, une vieille recette au paradoxe qui a fait ses preuves. Le danger consisterait à laisser la camaraderie empiéter, à l'éloigner insidieusement de sa volonté initiale. Elle ne doit pas prendre trop de place. Une complicité qui tanguera, comme une funambule sur une corde tendue, à l'équilibre fragile, prête à basculer dans le vide.

Bientôt, les effets bénéfiques de la pratique de la musique se font ressentir sur le moral de Gabriel. Dès que l'oisiveté affleure, il s'empare de sa guitare afin de jouer ses airs préférés. Parfois, même la présence d'Amanda n'altère point son ardeur. Docile, elle prend plaisir à l'écouter. La musique détiendrait-elle le pouvoir d'instiller la passion jusqu'à retourner une situation en une autre ? Depuis quelques temps, Gabriel se sent tiraillé au milieu de deux fils tendus et opposés. La musique, en intruse salutaire, ne s'emploierait-elle pas à jouer de ses effets thérapeutiques ?

Au fur et à mesure de ses rencontres avec Alex, l'amitié se faufile entre les deux hommes. Doucement, lentement, sans qu'ils ne parlent pourtant de sujets différents, c'est cet art qui les relie dans une complicité naissante, dans son univers avantageux, source d'un sortilège. Alex transmet sa passion comme un remède à un mal, onctueux, coulant sur les parois touchées à l'intérieur du corps. Gabriel se hasarde cette fois dans une approche plus personnelle et enchaîne les questions :

— D'où vous vient cette passion pour la musique ? Vous jouez depuis longtemps ? Vos parents étaient musiciens ?

Sitôt dit, il regrette le déferlement d'interrogations auxquelles il s'est livré. Comme s'il avait besoin tout à coup d'avancer, il a manqué de contrôle. Il aurait dû se montrer plus prudent, pense-t-il.

Alex, élusif, peu habitué aux aveux répond presque gêné :

— À dire vrai, c'est une coïncidence. L'idée a surgi au cours d'un moment d'ennui. Je me suis lancé et puis j'ai compris immédiatement que j'avais trouvé un moyen d'évasion plaisant. Tout en parlant, il penche son visage en direction de son épaule droite, les yeux rivés dans le vague, il fixe le sol.

Avec le temps, ils se libèrent du vouvoiement. Quelquefois, simplement à cause d'une fausse note qui se glisse au cours des exercices de répétition, redressant la tête dans une synchronisation parfaite, leurs regards se croisent et ils sourient.

Gabriel voudrait inviter Alex à son domicile, mais il se ravise jugeant l'idée mauvaise. Il imagine la surprise qui s'afficherait sur le visage d'Alex s'il revenait sur un lieu qu'il a peut-être fréquenté du vivant de Flore, une visite inattendue. Cet obstacle l'en empêche au risque de compromettre la part de bonheur qui existe malgré tout avec leur amitié naissante. Une maladresse aux conséquences fatales au bon déroulement de son projet. En conséquence, tous les deux sur un pied d'égalité, ils ignorent qui est l'autre. Chacun d'un côté du rempart, ils restent muets sur leur véritable identité. Que raconter à Alex de toute façon ? Qu'il a abandonné ses études de médecine à la suite du décès de sa mère pour reprendre son restaurant ? Cette révélation appellerait d'autres questions auxquelles il ne veut pas être confronté. Une confidence en entraîne une autre.

La semaine d'après, une surprise épingle un coin jamais exploré de l'imagination de Gabriel. Alex propose :

— J'ai une idée qui pourrait t'intéresser. Je connais un ami qui écrit des chansons, je t'en ferai lire une ou deux qu'il a rédigées. Serais-tu d'accord d'en composer la musique avec moi ?

Aussitôt, il se cabre :

— Je ne crois pas posséder cette capacité.

— Tu te sous-estimes Gabriel. Tu ne t'en rends pas compte, mais tu as énormément progressé. Si je te jugeais incompétent, jamais je ne t'offrirais cette possibilité. C'est un nouveau défi et une chance que je te propose de franchir.

Le voilà maintenant qui cherche une autre échappatoire :

— Je n'ai guère de temps à consacrer à la musique, c'est difficile, tu comprends ?

Alex, sans perdre le contrôle rétorque :

— Ce n'est pas pressé. Prends le temps de réfléchir. Nous en reparlerons une prochaine fois si tu veux.

Gabriel considère la proposition d'Alex comme un signe de confiance à son égard. Rien n'échappe à son professeur, surtout pas la progression de son élève. Cependant, son enthousiasme pour la musique et toutes les heures qu'il consacre après les leçons à travailler ses accords l'ont trahi. Malgré tout, il ne doit pas lui avouer que ce loisir lui plaît, l'épanouit. Cette sensation du temps qui passe comme un éclair, qui devient si libre dès qu'il gratte les cordes de sa guitare, si libre qu'aucune horloge ne peut plus le contenir, il doit la préserver comme un secret. Il ne connaît pas de centre d'intérêt plus distrayant, aussi accrocheur que la musique.

À l'encontre des divertissements bénéfiques, mais plus modestes et d'une tout autre nature, qui ne réclament pas un effort personnel considérable et permettent de se changer les idées, par exemple, se promener sur une plage, entreprendre une escapade à vélo, la musique, aux yeux de Gabriel, ne sert pas juste à combler un moment morne, les limites du temps s'effritent, se réduisent en poudre et glissent entre ses doigts. En même temps, il est confronté à un dilemme moral.

Il craint de s'égarer sur ce chemin. Les événements tournent pourtant à son avantage. À cette occasion, il se rapprochera encore d'Alex. De retour à son domicile, déterminé à ne pas hésiter toute la semaine, il appelle Alex et lui annonce qu'il accepte sa proposition.

CHAPITRE 15

Alex s'est construit une réputation dans la région, il s'est d'abord fait connaître au sein d'une association grâce à des concerts auxquels il participe, puis il est devenu professeur de musique. Chaque année, victime de son succès, de nouveaux adhérents s'inscrivent à ses cours. Le bouche-à-oreille l'a propulsé, il propose désormais des leçons individuelles. À cet effet, il a acheté un appartement qu'il a aménagé en studio. Il y en a pour tous les goûts et tous les niveaux. À l'association, il travaille avec un groupe d'élèves, alors qu'au studio, son approche personnelle permet à ses étudiants une progression plus rapide.

Depuis sa rupture avec Aurélie après plusieurs mois de vie commune, il se retrouve célibataire. Alex l'avait croisée dans un bar après un concert de musique. Elle s'était avancée vers lui et la bouche pleine de compliments à déverser, s'était assise à ses côtés sur un des hauts tabourets qui longeaient le comptoir. Elle vouait une admiration sincère à son talent de musicien. Une groupie. L'apparition d'Aurélie sortait tout à coup Alex d'une période difficile, de la crise personnelle qu'il traversait. Flatté par la reconnaissance de la jeune femme et sensible à sa beauté, il avait succombé à ses charmes tout en croyant que cette rencontre enterrerait ses états d'âme.

Mais il avait suffi de quelques mois de cohabitation pour qu'Aurélie fasse allusion à son désir d'être mère. Loin de ce dessein, Alex tournait en dérision ses insinuations. Puis, il fut confronté à ce jour, où, tous les deux nus l'un contre l'autre, après moult baisers et caresses, Aurélie annonça qu'elle avait arrêté sa contraception. Elle avait déclaré, « c'est le bon moment », ce qui avait stoppé net l'excitation d'Alex. Cet épisode avait transporté Aurélie dans une colère esseulée. En rupture avec le monde extérieur, sans retenue, sourde à la présence du jeune homme, elle avait hurlé et craché des phrases entières de reproches. Sur ce, humiliée, elle s'était rhabillée sans fournir l'occasion à Alex de réagir. Par la suite, il avait tenté de vaines discussions puis avait abandonné l'idée de la raisonner. Lui, qui n'envisageait pas d'être père, s'était senti à son tour incompris. Malgré sa patience et son attachement pour Aurélie, il estimait leur idylle en déséquilibre. Son obsession, être mère les éloignait. Il en venait à remettre en cause l'amour qu'elle lui signifiait. Il la quitta et avec rancœur pensa qu'après tout n'importe quel mâle ferait l'affaire pour lui faire un enfant. Au fond, il attendait qu'elle revienne, envahie de regrets, avec pour seul bagage son affection pour lui, mais rien. Elle disparut à jamais.

Depuis cet échec, il ne concrétisait ses rencontres avec les femmes qu'après avoir posé ses conditions afin d'éviter tout malentendu. Bien souvent, il ne connut que des aventures sans lendemain, il s'était accommodé du détachement, de l'absence de vrais sentiments, il se dérobait aux nouvelles déceptions. L'empressement d'Aurélie ne devait se répéter avec plus personne.

*

**

Dans le jardin, des pâquerettes par dizaines s'élèvent entre les herbes. Au milieu de cette végétation envahie de blancheur, le moteur de la tondeuse à gazon tenue à bout de bras par Gabriel ronfle sur la pelouse. Dans un tapage enclin à réveiller les galeries souterraines des fourmis, la machine élancée devant lui, il arpente le carré verdoyant dans un va-et-vient incessant. Il s'amuse à contourner Amanda qui est étendue sur une serviette de plage en train de se boucher les oreilles, s'éloigne jusqu'au portail puis revient sur ses pas, repart et se rapproche plusieurs fois de suite. En un rien de temps, toutes les fleurs à la corolle blanche disparaissent dans le corps de l'engin.

Depuis qu'Amanda est entrée dans sa vie, ils partagent chaque moment de liberté. Les parents d'Amanda, issus d'une famille italienne étaient arrivés en France après la Seconde Guerre mondiale. Née à Nice, elle n'avait plus quitté cette ville. Il franchit la dernière ligne droite en direction du portique, quand il croit reconnaître la silhouette d'Alex. Il redresse la tête pour s'en assurer. Aux fins de ne pas attirer l'attention sur sa personne, il baisse aussitôt son visage.

Mais le fracas de la tondeuse a alerté Alex qui marche sur le trottoir et se tourne vers le porche. Au premier coup d'œil, il repère Gabriel en retrait au milieu du jardin verdoyant. L'incertitude levée, spontanément, il rebrousse chemin jusqu'à la hauteur du portail rouge et hurle :

« Gabriel ! Gabriel ! » Et, dans le but d'être reconnu, il brandit un bras qui accompagne son cri. Penché sur l'engin dont il arrête le moteur, Gabriel offre son dos à voir. Il se redresse et aperçoit Alex avec le membre supérieur toujours tendu en l'air. Tandis que ses pas le séparent de la tondeuse et le rapprochent d'Alex prostré derrière la grille, Gabriel affiche un sourire forcé quand il interroge :

— Qu'est-ce qui t'amène dans les parages ?

— Je suis venu rendre visite à un ami qui vit dans le quartier. Tu sais celui dont je t'ai parlé, qui écrit des chansons. Tu habites dans cette maison ?

— Oui, dit-il. Il vit loin d'ici ton copain ?

— À peine un quart d'heure à pied depuis ce portail. Il s'appelle Gilles. Je te le présenterai un de ces jours.

Le jeune homme ne décèle aucune méfiance dans l'attitude et l'allure décontractée d'Alex. Il ne semble pas connaître cette maison et il est plutôt agréablement étonné de le croiser. Craintes et soupçons se volatilisent. Maintenant, il en est persuadé, Alex n'est jamais venu ici. Le guitariste en profite pour changer de conversation :

— Je suis content que tu acceptes mon idée, tu paraissais si surpris et peu convaincu d'y participer.

Gabriel, en sueur, s'aide de son avant-bras pour essuyer son front avant de lancer une invitation :

— Tu veux boire un verre ?

— Non, je te remercie, j'ai un cours dans moins d'une heure et je suis terriblement en retard. Je te vois lundi ?

— Bien sûr. À la semaine prochaine.

Le lundi suivant, ils se retrouvent au studio. Alex soumet à Gabriel la lecture de chansons rédigées par Gilles. Ensemble, ils en choisissent une pour laquelle ils créeront la musique. Avec ce projet, les deux hommes sont amenés naturellement à se côtoyer à une fréquence plus rapprochée. Plusieurs fois par semaine, après son travail au restaurant, Gabriel se réunit avec Alex dans le lieu où ils composent et répètent. Un soir, il fait la connaissance de Gilles venu se joindre à eux.

Au fil des rencontres, l'intimité se resserre entre Alex et Gabriel. Dans une confiance réciproque, leurs conversations se dirigent vers des centres d'intérêt différents. Au cours d'une soirée, à l'image de ces bavardages qui démarrent sur un sujet et aboutissent sur un autre, ils en arrivent à des échanges sur les liens du sang, et ce, sans que personne ne soit en mesure d'expliquer ni pourquoi ni comment la discussion a basculé, sans savoir non plus par quel mystérieux cheminement. Gabriel livre qu'il n'a ni frère ni sœur et qu'il aurait bien aimé en posséder un ou une à ses côtés. Alex manifeste une douce euphorie moqueuse que le restaurateur ne comprend pas immédiatement. D'une voix étranglée, Gabriel réagit vivement :

— Qu'est-ce qui te fait rire ?

Il n'apprécie pas l'air ironique d'Alex. Ce dernier s'en rend compte :

— Ne le prends pas mal, c'est juste que moi aussi, je suis enfant unique. J'ai été adopté par une famille qui ne pouvait pas en avoir. Comme on dit, le malheur des uns fait le bonheur des autres. Une femme qui veut devenir mère, mais qui ne peut l'être, c'est une chance pour un môme abandonné.

Gabriel ravale aussitôt sa susceptibilité :

— Ah ! Et donc tu es l'enfant unique qu'ils ont choisi d'adopter ?

— Et bien oui, mais je ne leur ai jamais demandé pourquoi. C'est compliqué et les démarches sont longues. Et puis certainement que je leur suffisais… En tous les cas, ils m'apportent beaucoup d'amour.

Devant le mutisme soudain d'Alex, Gabriel se remémore sa conversation téléphonique avec Mme Dambri. Il s'adresse à Alex comme s'il ignorait tout :

— Tu es toujours en contact avec eux ?

— À vrai dire, je ne les vois plus depuis plusieurs mois. Une envie de couper les ponts ces derniers temps. Je sais que je leur fais de la peine, que mon comportement est injuste, je n'ai pas le droit d'agir ainsi alors qu'ils ont tout fait pour moi. Je regrette et maintenant, c'est difficile de revenir en arrière.

Gabriel songe à l'ultime phrase que Mme Dambri a prononcée : « Si vous le retrouvez, dites-lui de nous appeler », il se sert de cette confidence :

— À mon avis, je pense qu'ils te pardonneront si tu t'expliques. Plus le temps passera et plus ce sera compliqué. Mais je ne veux pas me mêler de ce qui ne me regarde pas.

Alex se justifie :

— J'ai traversé un échec amoureux difficile à vivre. Je crois que j'avais besoin de m'isoler et de régler seul ce problème.

Les minutes de silence se succèdent avant que Gabriel ne décide de partir. En son for intérieur, il est persuadé qu'Alex conserve une part de mystère.

— Bon, je vais y aller, il est tard et je travaille demain.

— Au fait, quel est ton métier ? C'est incroyable, depuis des semaines que nous pratiquons la musique ensemble et je ne sais même pas la profession que tu exerces, qui te permet de te payer tes cours et par la même occasion de me rémunérer, ajoute-t-il avec humour.

Gabriel soupçonnait que la question arriverait tôt ou tard. Il se sent coincé. Il doit recourir à une échappatoire. S'il révèle la vérité, d'autres interrogations suivront, embarrassantes, qui pourraient amener Alex à découvrir qui il est. Il demandera : dans quel restaurant ? Impossible de lui dire où il travaille. Il faut inventer, et vite :

— Je suis courtier en assurance à mon compte. Bon, je file maintenant.

Il serre la main d'Alex et se dirige vers la sortie. De retour chez lui, Gabriel se sent las. Une fois étendu sur son lit, il ressasse les paroles échangées avec Alex jusqu'au bouquet final, son nouveau mensonge.

CHAPITRE 16

Gabriel émerge à l'aube après une nuit trop courte, la tête lourde. Face à son reflet dans le miroir de la salle de bain, il frotte sa barbe naissante, se brosse les dents puis va sous la douche. L'eau fraîche ruisselle sur son corps et réveille ses sens. Son amitié pour Alex l'irrite. Il se noue d'une camaraderie avec la canaille. Il se rend complice d'actes qu'il réfute et dont il cherche l'origine. Il accepte ses propositions, passe trop de temps en sa compagnie, se couche à des heures tardives presque tous les soirs, ment et ne tire de ses efforts aucun aboutissement à la mission qu'il s'est fixée. Sa nouvelle addiction pour la musique n'est-elle pas en train de l'entraîner dans un bourbier ? Bientôt, avec la tournure que prennent les événements, il ne parviendra plus à poursuivre son enquête.

L'éloignement devient inévitable. Il n'ira pas à leur prochain rendez-vous. Quand il contactera Alex, il évoquera la fatigue, un alibi franc et convenable, cette fois. L'annulation de leur rencontre ouvrira du temps à une réflexion nécessaire, ensuite, il décidera de l'orientation de cette aventure scabreuse.

Dès son arrivée au restaurant, Gabriel se sert un café. Prédisposé à des bâillements répétitifs, il rythme sa journée de travail par une consommation excessive de caféine, si bien que ses abus le rendent victime d'un cortège de malaises, ses gestes tremblent, son cœur palpite, un état nauséeux s'ajoute à ces symptômes. Son visage devient blanc comme un linge, pris de vertiges, il est l'obligé de s'asseoir. Il absorbe un grand verre d'eau et prend une profonde respiration. Puis il s'arrange pour que sa défaillance reste inaperçue du personnel qui, en effet, ne remarque rien, occupé à la mise en place des tables ou à la cuisine derrière les fourneaux.

En fin de journée, il referme la porte du restaurant après les derniers retardataires. Il passe par le bord de mer puis rejoint son domicile. Là, pour la première fois, lui qui ne supportait pas la solitude à ses débuts, l'accueille avec calme et gratitude. En cet instant, le silence surgit, apaisant.

Son sens en est modifié. Il s'est mu en ami. Installé dans le fauteuil en cuir brun, Gabriel ferme les yeux et se retrouve immergé derrière le noir de ses paupières closes. Il frôle un néant savoureux dont il capte l'existence souterraine. Un soupir. De soulagement. Puis la lumière perce à nouveau sous ses yeux rouverts, sa tête tourne lentement, il visualise chaque coin de la pièce comme s'il la découvrait. Il ressemble à un voleur en infraction qui s'est assis là, essoufflé après une course folle, à l'affût du moindre désordre, prêt à s'enfuir au cas où quelqu'un le surprendrait. D'un coup d'œil, son regard s'imprègne des meubles, de la couleur des murs, des objets immobiles sur le buffet, des tableaux retenus en hauteur par un crochet le long de la cloison. L'ensemble reflète une tranquillité parfaite. Profitant de cet état de quiétude, il se sent le courage d'appeler Alex et de lui faire faux bond. Mais dès qu'il compose le numéro, son flegme s'étiole sans crier gare, la nervosité reprend sa place. Des tremblements le secouent au moment où la voix d'Alex se fait entendre :

— Qu'est ce qui t'arrive mon pote ?

Gabriel est tout d'abord surpris par le ton familier avec lequel il s'adresse à lui, comme si, caché derrière son téléphone, Alex s'accordait un langage affranchi des conventions plus que de coutume, lui qui a montré tant de réticences à se débloquer. Sans trop d'égard, Gabriel répond, dans une inflexion de voix froide et distante :

— Je ne pourrai pas venir demain soir. Je suis fatigué en ce moment, je travaille trop.

— Tu préfères que je vienne jusque chez toi ? demande Alex. Ainsi, je t'évite de te déplacer et pour toi, ce sera gratuit.

— Non, merci, j'ai besoin de plus de temps pour moi, c'est tout. Tu peux comprendre ça, je pense.

Sans vraiment tenir compte de sa remarque, Alex insiste :

— C'est dommage, parce que tu progresses bien. Je ne veux pas te mettre la pression, mais ne laisse pas tomber, tu es sur la bonne voie.

Puis il ajoute :

— Tu sais, la musique, c'est comme n'importe quel sport, de l'entraînement pour y arriver et parfaire son niveau. Dès que tu relâches, tu perds vite les acquis. Enfin, c'est juste des conseils. C'est mon travail après tout. J'espère que tu n'es pas découragé au moins.

— J'approuve ce que tu dis Alex, mais là, j'ai vraiment besoin de souffler. Je ne suis qu'un amateur, jouer de la guitare doit rester un plaisir, ne pas devenir une contrainte.

— D'accord, pas de problème. Tu me tiens au courant alors ?

— Oui, ne t'inquiète pas.

La communication à peine achevée, Gabriel se détend. Dans l'immédiat, il vient de se libérer d'un poids, il ne sait pas quand il reprendra contact avec Alex et s'il se décide, ce sera dans l'urgence de lui parler sans détour, de sortir du marécage où stagnent les faux-semblants. Il retourne dans l'ancienne chambre de sa mère en quête d'un roman distrayant. Il fouille dans la bibliothèque parmi les nombreux auteurs à sa disposition, se remémore ses lectures passées. Il explore des œuvres plus récentes, plus contemporaines, extrait un volume dont il lit le résumé à l'arrière de la couverture. Lorsqu'il l'ouvre, le feuillette un brin, il trouve une page pliée en quatre coincée au milieu de l'histoire.

C'est une courte lettre. Une courte lettre adressée à sa mère Flore :

Madame,

Je n'ai d'autre choix que de vous appeler madame et d'utiliser le vouvoiement. La distance est de mise, et ce, depuis fort longtemps. Juste ces mots pour vous dire que j'ai découvert votre visage. Vous êtes celle qui m'a donné la vie puis abandonné. Sans dévoiler ma véritable identité, j'ai découvert votre visage lors de notre rencontre et vous n'avez bien sûr pas pu me reconnaître, et pour cause, je ne suis plus un nouveau-né. Je tenais à ce que vous sachiez que celui à qui vous avez ouvert la porte de votre restaurant avec sa guitare sous le bras pour qu'il anime les soirées de vos clients n'est autre que votre fils qui n'a pas grandi à vos côtés, Alex.

La feuille tendue entre ses mains, Gabriel, atterré par les mots qu'il vient de lire, parcourt le texte une seconde fois. Il se trouve en possession de la lettre dont parlait Alex dans les messages adressés à Flore. Il la froisse dans un élan de rage pour la réduire en une boule compacte, puis se ravise et la repasse tant bien que mal avec la paume de sa main afin de lui rendre son aspect lisse d'origine. Le roman, qu'il a posé entre temps sur le bord du lit, ne capte plus son attention. L'idée même de commencer l'ouvrage qu'il avait élu est écartée, il le range entre deux œuvres, dans le creux sombre et rectangulaire d'où il l'a délogé.

De retour au salon, sans se soucier de la durée écoulée ni de l'heure, d'un geste assuré, il rappelle Alex, tombe sur sa messagerie. Il raccroche. En son for intérieur, le ressentiment le rend impatient. Il ne peut attendre jusqu'au lendemain. L'urgence : voir Alex et lui parler. Il fourre la lettre endommagée dans sa poche de blouson. Il attrape les clés de sa voiture, claque la porte d'entrée derrière lui. Il s'oriente vers le garage, pénètre dans son véhicule qu'il démarre, enclenche une vitesse et se faufile à travers les avenues d'Antibes. Il atteint une demi-heure après celles de Nice, et précisément, la ruelle où demeure Alex.

CHAPITRE 17

Le jour s'est évanoui dans la morsure de la nuit, la lumière jaunâtre d'un éclairage transparaît derrière les vitres du studio d'Alex. Au pied de l'immeuble, Gabriel appuie sur l'interphone. Silence. Il détourne la tête dans l'horizon obscur de la rue, il distingue les contours sombres d'une femme qui se dessinent au loin sur le trottoir. Elle avance en direction du bâtiment où il stagne depuis cinq minutes. Le bruit de ses talons claque et résonne sur le bitume noir. Gabriel s'écarte quand elle approche de la devanture et pousse la porte en bois après avoir tapoté le code d'entrée, indifférente à la présence du jeune homme. Elle franchit le hall et avant que la porte ne se referme derrière elle, Gabriel, le corps leste, la suit et pénètre dans l'immeuble sans qu'elle ne le remarque. Il grimpe les escaliers deux par deux. Arrivé sur le palier, le son d'une guitare filtre par la porte, il enfonce l'index de façon répétitive sur la sonnette. Au bout d'interminables minutes, la mélodie s'arrête, le jeune homme entend des pas feutrés venir dans sa direction puis le bruit du verrou se déclenche avant de voir apparaître en face de lui, Alex échevelé, vêtu simplement d'un large pantalon de coton blanc noué à la ceinture par un lien coulissant, le torse et les pieds dénudés. Il passe la main dans ses cheveux ébouriffés, l'air hébété. Sans attendre, Gabriel déclare, le souffle court : « Je dois te parler, c'est urgent ».

Alex n'a jamais vu Gabriel avec des yeux immenses, comme possédés de folie. L'état étrange de son ami ne lui échappe pas, il craint le pire face à sa mine épouvantée. Bouche bée, il paraît désorienté par l'apparition soudaine de Gabriel devant sa porte à une heure aussi tardive, il lui fait signe d'entrer avec le bras. Toujours avare de mots, Alex avance à petits pas le long de l'étroit couloir jusqu'à la pièce centrale. Il l'invite à s'asseoir avant que le son de sa voix ne revienne :

— Qu'est-ce qui se passe ? Tu veux un thé ?

Gabriel, ramassé sur lui, répond dans un murmure :

— Oui.

Il ne parvient pas encore à mettre de l'ordre dans ses émotions qui l'animent et le tétanisent à la fois. Est-ce de la colère, de l'effroi, de la tristesse ou de la confusion ? Ou bien forment-elles un lot, sont-elles serrées les unes aux autres au point qu'elles deviennent indissociables ? Il est perdu au cœur de cette forêt de sentiments ombrageux. Assis sur le canapé, les coudes posés sur ses genoux, le jeune homme dirige son regard vers le sol et appuie son front dans les paumes de ses mains. Alex revient, chargé d'un étroit plateau supportant une théière et deux tasses. Il se place en face de son ami, sur un pouf en cuir, verse le thé infusé dans les récipients et demande, l'air détaché :

— C'est si grave que ça ?

S'armant des dernières forces en sa possession pour résister à l'envie de crier, Gabriel redresse la tête et au lieu de sortir de ses gonds, articule chaque mot comme des cartes étalées au fur et à mesure sur une table :

— Je veux que tu m'écoutes un instant sans poser de questions, d'accord ? Le ton est froid, mesuré, tout le contraire du bouillonnement à l'intérieur de lui.

— Vas-y, je suis tout ouïe.

Après s'être désaltéré d'une gorgée de thé, Gabriel inspire comme s'il fouillait les profondeurs de son être, puis se lance :

— Je suis venu te révéler la véritable explication de notre rencontre.

À cause d'une curiosité soudaine, d'une impatience incontrôlable, Alex rompt l'engagement adressé l'instant d'avant, et dit, oublieux :

— Je ne comprends pas.

— Si tu continues à parler, jamais je n'y arriverai. Je veux que tu entendes que je ne suis pas venu jusqu'à toi pour des cours de guitare. C'était juste un moyen de t'approcher, de rentrer en contact avec toi.

Alex est figé sur le pouf, les deux jambes écartées qui pendent sur le sol, le buste droit, les bras relâchés sur les cuisses. Il ressemble à une statue de cire qui fixe Gabriel du regard, tandis que ce dernier poursuit :

— Je t'ai menti. Je ne suis pas courtier en assurance. J'ai repris le restaurant de ma mère morte il y a peu. Tout à mes études de médecine à Paris lorsque j'ai appris son décès, j'ai décidé de tout abandonner pour récupérer son entreprise.

Alex ne bronche pas, respecte enfin la consigne de se taire. Les fesses toujours vissées sur le coussin en peau de chèvre à la rondeur cousue de motifs colorés, il attend prudent la suite des événements.

Après ces révélations, un long moment de silence s'installe entre les deux hommes. Alex reste sur ses gardes. Pour la première fois, depuis qu'il l'écoute, il remue, tousse, exprimant sa gêne. Afin de se donner une contenance, il attrape sa tasse et boit d'une traite le contenu tiède. Gabriel l'observe et se demande si les quelques vérités dévoilées suffisent à son interlocuteur pour comprendre qui il est où s'il doit poursuivre son récit.

Gabriel est déstabilisé devant l'attitude stoïque d'Alex, obéissant à la promesse du mutisme. Alex, feint-il de ne pas deviner où il veut en venir, ou patiente-t-il sagement jusqu'à la fin des aveux qui se terminent souvent par « voilà, je t'ai tout dit » ou « voilà, tu sais tout dorénavant » ? Ou encore manque-t-il d'éléments pour réagir à ce qu'il lui explique. À le voir ainsi rivé dans une impassibilité outrancière, il pense qu'Alex observe le mensonge dont il est victime comme une simple banalité rendue à sa vérité. D'une voix ferme, forte, Gabriel continue :

— En postant un message sur facebook pour recevoir les condoléances des proches, j'ai découvert ceux que tu as rédigés à ma mère. J'ai décidé de te retrouver, ma curiosité m'a amené à chercher qui tu étais et ce qui t'avait poussé à écrire ces menaces. Il y a à peine deux heures, je suis tombé sur cette lettre.

Tout en évoquant l'existence de la lettre, il sort le bout de papier de sa poche de blouson, l'ouvre, la lit à voix haute. Puis, il lève le regard sur Alex et tout en secouant la feuille avec fougue devant lui :

— Tu te souviens de cet écrit ?

Alex hoche la tête mécaniquement de bas en haut comme un chien en peluche posé sur la plage arrière d'une voiture. En même temps, il ressemble vraiment à un animal tenu en laisse et l'air circonspect qu'il affiche se réclame de ce qu'il va dire. Enfin, il s'exprime :

— D'accord. Puisque nous en arrivons aux confidences, écoute-moi à ton tour.

CHAPITRE 18

« Comme je te l'ai dit, j'ai été élevé par un père et une mère adoptifs, Mr et Mme Dambri qui ne pouvaient pas avoir d'enfants. Ils m'ont rebaptisé. À mon prénom de naissance, Jacques, ils ont préféré Alex. Peut-être pour mieux s'approprier l'enfant qui n'était pas le leur à l'origine. Durant ma jeunesse, je ne les ai pas sollicités sur mes parents biologiques, je craignais de les peiner en évoquant mon envie de connaître mon passé. Je m'évertuais à ne rien dévoiler de ma souffrance de métis abandonné. Aux fêtes de Noël, avant la date fatidique de la découverte des cadeaux, quand ils me questionnaient pour savoir ce qui me ferait plaisir, je répondais « Une baguette magique pour devenir blanc ». À ma majorité, j'ai enfin extériorisé mon désir de retrouver mes géniteurs. J'ai fait preuve d'un entêtement si tenace que mes parents adoptifs, bien qu'ils ne soient pas opposés à ma volonté, essayaient de me raisonner, m'avertissant que ma démarche pouvait s'avérer douloureuse si j'apprenais que ma mère biologique ne souhaitait pas me rencontrer. Leurs arguments pleins de bon sens m'ont convaincu de mettre de côté mes tentatives de recherches. À l'approche de la trentaine, je me suis senti enfin prêt à me lancer aux trousses de mes origines. J'ai dû patienter plusieurs mois avant d'obtenir un rendez-vous auprès de l'aide sociale à l'enfance. Je me rappelle de l'instant où je me trouvai devant le bâtiment, je m'en souviens comme si c'était hier. Avant de pénétrer dans les lieux, j'ai imaginé ma vie enfermée au fond d'une armoire entre ces murs, ma vie écrasée au milieu d'autres dossiers semblables au mien, une part de mon ascendance sous clef, mon sang réduit à une feuille de papier, la vérité sur mon passé qui dormait là depuis toutes ces années. En cet instant douloureux, l'anxiété et la nervosité sont devenues mes béquilles. J'ai sorti une cigarette de mon paquet rangé dans la poche de mon blouson, je l'ai allumée et j'ai pris une bouffée de fumée que j'ai rejetée dans l'air frais et pollué. »

Machinalement, tandis qu'il narre son récit, Alex frotte son crâne tout en grillant une cigarette.

Dès qu'il tire un taf, il reproduit les gestes vécus par le passé en recrachant la fumée dans l'appartement. Il écrase le mégot dans un vaste cendrier et continue son histoire :

« J'avais peur de tout rater. Une fois dans le bâtiment, une femme entre deux âges m'a accueilli, je l'ai suivi dans son bureau et je me suis assis en face d'elle. Des archives posées entre nous qui contenaient les informations sur mes origines m'attendaient. Elle a ouvert le dossier et a dit : « Après consultation du dossier de votre naissance, madame Moreno, qui a accouché sous X, a désiré laisser des renseignements ». Elle m'a remis une enveloppe cachetée avec à l'intérieur, les circonstances des prémices de ma vie. Ma mère n'avait que 18 ans lorsqu'elle m'a mis au monde. Mon père, un Antillais guère plus âgé qu'elle, Julien, rencontré au cours d'un voyage de vacances, dont elle s'était éprise aussitôt, avait disparu de sa vie. Elle laissait également son identité. Se trouvait aussi dans l'enveloppe mon prénom de naissance, Jacques.»

Alex reprend une cigarette avant de poursuivre :

« Une fois dehors, immobile sur les marches devant la façade, les jambes flageolantes, le paysage à la ronde m'apparut étrangement différent de celui que j'avais quitté l'heure précédente. Mon émotion s'affichait sur les pans des bâtiments, sur le bitume, elle pénétrait l'air que je respirais, s'introduisait dans la circulation bruyante des voitures, emplissait le ciel, se déposait sur les passants, s'ancrait dans les odeurs de pot d'échappement. Choqué, j'ai effectué le chemin du retour chez moi en aveugle. L'enveloppe que j'emportais avec moi, sur moi, en moi, m'étourdissait. Elle, ce poids plume dans la poche de mon pantalon, que je sentais à peine et que j'effleurais de ma main de façon sporadique pour m'assurer qu'elle ne s'était pas envolée. Plusieurs jours après, j'ai pris une nouvelle décision : rencontrer ma mère sans lui dire qui j'étais. Je comprends pourquoi elle m'a abandonné compte tenu des circonstances de ma naissance. L'absence de la personne avec qui elle m'a conçu, et elle, encore à la charge de ses parents, sans situation professionnelle, qui avait dû se résoudre à cette solution l'avait empêché de m'élever. Mais ce que je n'acceptais pas, c'est qu'elle n'ait jamais cherché par la suite à me retrouver. Je voulais voir à quoi ressemblait ma mère. Dès que j'ai su où elle travaillait, j'ai alors séjourné un temps à Antibes chez un ami pour réfléchir à la manière dont j'allais pouvoir l'approcher en gardant l'anonymat. Un après-midi, je me suis installé sur la terrasse extérieure de son restaurant, en plein soleil au milieu des autres clients. Les températures étaient déjà élevées en ce mois de mai. J'ai ouvert la carte des glaces posée sur la table et j'ai choisi une poire belle Hélène. Juste avant de m'asseoir, j'avais entrevu dans le contre-jour une femme derrière le comptoir. Je n'avais pu, d'aussi loin, distinguer les traits de son visage. Elle m'a paru jolie malgré la distance, avec sa chevelure blonde relevée en chignon, certainement à cause de la chaleur. À maintes reprises, le garçon de café est passé à mes côtés sans me voir, un plateau rempli de verres, il slalomait entre les tables, portait les commandes aux clients, débarrassait la terrasse des récipients vides et les rapportait à l'intérieur. Après, il a levé la tête pour surveiller l'arrivée de nouveaux consommateurs, il m'a enfin remarqué. Lorsqu'il m'a apporté ma coupe de glace, je l'ai questionné : « C'est ici le restaurant de Mme Moreno ? » « Oui, monsieur », m'a-t-il dit sobrement en déposant la poire belle Hélène et le verre d'eau qui l'accompagnait. Puis, j'ai joué à celui qui cherchait du travail : « J'ai entendu parler de sa réputation. Vous ne savez pas s'il y a de l'embauche pour l'été ? »

Le barman m'a répondu : « Je ne sais pas, mais vous pouvez tenter votre chance auprès de la patronne, madame Moreno. C'est la femme blonde qui bavarde avec des clients. » Puis il s'est tourné dans sa direction en la désignant d'un geste de la main.

Je pouvais maintenant identifier en toute certitude la femme qui m'avait donné la vie. J'ai terminé ma glace, fumé une cigarette, bu le verre d'eau avant de partir. Je logeais dans un studio qu'un ami m'avait prêté pour ces vacances improvisées, proche de la mer. Je suis revenu boire un verre en terrasse le lendemain, puis j'ai commencé à épier Mme Moreno, enfin ma mère biologique. J'avais repéré son habitude de partir seule à vélo le long du front de mer tard le soir après la fermeture du restaurant. Je l'ai même surprise en train de prendre un bain de minuit. Une nuit, alors qu'elle se baignait, j'ai traversé la plage et j'ai attendu son retour assis à côté de ses habits froissés, couverts de sable. Lorsqu'elle est sortie de l'eau, elle ne pouvait distinguer ma présence d'aussi loin dans le noir. Elle s'est approchée sans méfiance, comme si elle était seule, elle a sursauté en découvrant le gardien inopiné de ses vêtements. Affolée, elle a prononcé : « Qui êtes-vous ? Qui vous permet de vous installer là à côté de mes affaires ? »

Non seulement, j'avais découvert le visage de ma vraie mère, mais maintenant, j'entendais sa voix. Une voix charmante d'ailleurs qui allait plutôt dans les graves, mais sans trop. Au lieu de répondre, j'ai pris la serviette de plage posée sur le sable, je me suis approché d'elle afin de couvrir ses épaules en disant : « Séchez-vous, vous allez attraper froid. »

Tout en se frictionnant vigoureusement et en se dépêchant d'enfiler son tee-shirt et son pantalon, elle a lancé, agacée : « Et puis arrêtez de me regarder avec cette insistance ! Qu'est-ce que vous voulez ? » Avec calme, j'ai répondu : « Juste faire votre connaissance ». Je suppose qu'elle a remarqué la différence d'âge entre nous, même si, à cause de la nuit, les traits de mon visage se distinguaient mal dans le ciel couleur d'encre. Elle est remontée le long de la plage et j'ai marché dans ses pas. Alors elle s'est retournée et a crié, exaspérée : « Bon, maintenant ça suffit, laissez-moi ! ». Puis elle a maugréé, à voix basse, comme pour elle-même : « C'est quand même incroyable de ne pas pouvoir prendre un bain tranquillement à minuit », et elle a disparu dans le noir.

Déconcerté, je suis resté planté là un long moment, heureux d'avoir entendu le son de la voix de ma mère pour la première fois. Puis, abasourdi, je suis rentré au studio.

Après plusieurs années à enchaîner les petits travaux, je voulais que mon intérêt pour la musique devienne ma profession. À l'occasion, je donnais déjà des cours particuliers de guitare avant de décider d'en faire mon métier. Intérimaire, je prenais des emplois mal rémunérés qui me permettaient d'assumer mes frais sans excès. J'ambitionnais de vivre entièrement de ma passion. Je rêvais de ne plus avoir besoin de l'intérim. J'ai donc passé mon certificat d'aptitude aux fonctions de professeur.

Donc, pour en revenir à ma rencontre avec ma mère, le surlendemain, avec mon instrument sous le bras qui ne me quitte jamais, je suis retourné au restaurant de Mme Moreno. Je lui ai proposé de jouer pour sa clientèle. Elle n'a pas reconnu immédiatement le jeune homme qui l'avait accostée sur la plage. C'est seulement plus tard, quand elle a accepté, qu'elle a dit : « Ah ! Mais c'est vous qui étiez sur la plage à minuit n'est-ce pas ? ». Son petit sourire ne m'a pas échappé. J'ai pensé qu'elle m'avait pardonné mon intrusion. Je ne sais pourquoi elle a accepté. Peut-être se figurait-elle que j'étais dans le besoin. En tous les cas, je n'ai pas lu de la pitié dans ses yeux, plutôt de la générosité.

Nous nous sommes entendus ainsi : sans contrat de travail, je recevais mon dû après chaque prestation. En quelque sorte, elle me tendait la main pour me rendre service. Décidément, ma vie était reliée à ce mot « dépannage ». J'ai réussi à la séduire. De temps en temps, nous nous promenions à pied le long de la mer. Elle se confiait sur sa vie, ses déboires. Jusqu'au jour où je lui ai demandé si elle avait des enfants, elle m'a alors parlé d'un fils qui étudiait la médecine. Je l'ai laissée poursuivre, j'attendais qu'elle évoque mon existence. Mais elle n'a rien exprimé sur moi, Jacques, encore moins sur Alex, un prénom qu'elle n'avait pas choisi pour moi. Elle m'avait complètement évincé de sa vie. J'ai ressenti une immense colère contre elle d'être ainsi rayé de sa réalité. Pas un mot me concernant. J'ai décidé de disparaître du jour au lendemain seulement quelques semaines après l'avoir retrouvée. Ensuite, m'est venue l'idée de me venger, je lui ai envoyé les messages que tu connais sur facebook. »

Alex a narré son histoire avec beaucoup d'intensité, au point que son visage ressemble à du linge passé à l'essoreuse. Gabriel, pantois, donne l'image d'un homme tombé des nues. Il est vidé de sa colère, lavé de ses hésitations, de toute équivoque, seules la tristesse et l'empathie coexistent et l'emportent sur les autres ressentiments, la tristesse d'entendre le récit d'un fragment de vie tenu secret par sa mère. Mais n'a-t-on pas le droit de se protéger de la violence ? C'est ainsi que Flore avait réagi en enfouissant au fond d'elle-même cette affligeante période pour l'oublier. Il éprouve de l'empathie aussi vis-à-vis d'Alex dont il partage désormais le malheur. Alex est son frère. Puis, se ressaisissant soudain, Gabriel interpelle Alex avec véhémence :

— Mais bon sang ! Pourquoi ces menaces ? Tu ne pouvais pas tout simplement lui dire qui tu étais, te présenter comme son fils. Je ne pense pas qu'elle t'aurait rejeté une seconde fois !

— Qu'est-ce que tu en sais ? Rien ! La preuve, elle t'a caché cette histoire ! Tu ne la connaissais pas dans tous les détails ta mère ! Rétorque Alex avec la même violence que Gabriel. Alors, arrête de me donner des leçons !

Gabriel retrouve son calme et répond :

— En ce sens, tu as raison. Je la découvre. Mais tu lui as fait du chantage aux fins de lui extorquer de l'argent ! C'est ignoble.

— Je n'ai pas toléré qu'elle ne mentionne pas mon prénom lorsque je lui ai demandé si elle avait des enfants. Je n'ai pas pu le supporter. J'ai voulu qu'elle paye sa dette envers moi, voilà pourquoi j'ai agi ainsi ! Et elle a payé ! Et tu sais pourquoi ? Parce qu'elle se sentait terriblement fautive au fond d'elle après la lettre que je lui ai adressée, une culpabilité qu'elle avait rejetée durant toutes ces années. D'ailleurs, quelque temps après, elle m'en a écrit une en retour.

Alex se redresse, disparaît du champ de vision de Gabriel, puis revient muni d'une feuille qu'il lui tend d'un geste saccadé :

— Lis-la. Tu en sauras plus après sur notre mère.

Alex (Jacques)

Je n'avais que 18 ans quand j'ai rencontré Julien, ton père, lors d'un séjour de vacances gagné à un concours qui m'a permis de partir aux Antilles. Je suis tombée amoureuse et enceinte de cet homme, je ne pouvais accepter d'entendre parler d'avortement malgré les bonnes raisons invoquées par mes parents. J'espérais le retour de Julien, mais celui-ci n'a daigné répondre à aucun de mes messages. Je m'en suis remise à l'évidence. Je n'ai pas compté pour Julien. Sa jeunesse de l'époque l'empêchait de se projeter dans un avenir tout tracé. Je ne pouvais te garder et t'élever seule, sans profession ni argent et mes parents refusaient que cette responsabilité leur revienne, je t'ai alors amené à l'assistance publique. Jamais je n'ai parlé de cet épisode malheureux de ma vie à quiconque. Depuis, je porte ce lourd secret en moi. Quand j'ai accouché sous X de toi, Jacques, parce que c'est le prénom que je t'ai donné, j'ai laissé des traces (dont tu as pris connaissance après) afin qu'un jour, tu puisses si tu le désirais être informé de ton histoire. Je me suis juré de ne jamais reprendre contact avec toi, je me suis interdit de te retrouver, de te revoir. Si je voulais tourner la page, c'était le seul moyen d'y parvenir. Mais rejeter son fils à sa naissance suscite du dégoût envers soi-même, de la honte. Je me suis consolée comme j'ai pu, me disant que j'étais jeune, que j'avais le temps de tomber enceinte, que je devais mettre un terme à mes remords. Car des remords, j'en avais. Et si j'avais avorté au lieu de croire à une amourette de vacances sans lendemain ? Ma naïveté m'a dupé, j'ai attendu le retour de Julien, j'espérais qu'il assumerait d'être père, j'ai envisagé qu'il serait heureux de l'apprendre. Tout ce scénario n'était que le fruit de mon imagination, rien d'autre, la réalité m'a démontré le contraire. Des remords d'avoir manqué de discernement malgré l'avertissement de mes parents. Moi aussi, j'étais inexpérimentée, pouvais-je me reprocher à vie ce que la jeunesse méconnaît ? Tu regretteras peut-être plus tard ton attitude à mon égard, la manière dont tu t'y es pris pour me connaître et ses conséquences, vas savoir ! En tous les cas, aux Antilles, en Martinique, Julien me témoignait tant d'attention qu'à aucun moment, je n'ai douté de ses sentiments. À mon départ pour mon retour en France, il m'avait accompagné à l'aéroport et promis de garder contact avec moi. Loin de m'imaginer que j'emportais avec moi le début d'une vie dans mon ventre, quand j'ai eu la certitude d'être enceinte, j'ai eu envie de m'envoler vers l'île de Julien pour vivre auprès de lui. Toutes mes tentatives sont restées sans réponse. Lorsque je laissais un message vocal sur sa boite, jamais je n'évoquais mon état, j'attendais l'appel de Julien afin de le lui annoncer de vive voix. Ce qui n'arriva jamais. Malgré tout, je me suis entêtée contre l'avortement sans en mesurer les conséquences réelles. C'est la mort dans l'âme que j'ai avancé dans ma nouvelle vie. J'ai livré mon fardeau au temps, celui qui efface tout, soi-disant, même les moments les plus douloureux. Ce n'était donc qu'une question de durée et je devais lui faire confiance. De retour dans ma famille après mon accouchement, mes proches ont pris soin d'éviter le sujet, si bien qu'avec les mois qui passaient, cette attitude triviale a porté ses fruits. J'ai poursuivi mes études et n'ai plus songé ni à Jacques ni à Julien. Vous étiez devenus grâce au temps

un souvenir flou en pointillé sans gravité. Je suis déso-
lée. Flore

Gabriel repose la feuille sur la table basse sans la replier. Il est sous le choc. Soudain, une question lui taraude l'esprit :

— Tu savais qu'elle était morte ?

— Non. Comment l'aurais-je su ? Je ne l'ai plus revu. L'argent, elle me l'a envoyé par virement.

— Tu es quand même son meurtrier Alex ! Elle s'est noyée par ta faute. Ton retour l'a sans doute bouleversée, son passé a ressurgi. Tu t'es mis une dette sur le dos que tu n'avais pas auparavant ! Une dette morale.

Gabriel se lève et sans plus attendre sort en claquant la porte.

Des semaines après cette altercation dont Amanda ignore tout, elle observe que Gabriel ne se rend plus à son cours chez Alex et qu'il affiche un air contrarié et revêche. Une manière rare de se comporter qui la surprend.

— Tu as arrêté les leçons de musique ? dit-elle

— Je vais poursuivre seul. Je m'en sens capable dorénavant. Je maîtrise la technique. Les leçons ne m'apportent plus rien de nouveau.

Elle insiste, car elle ne le croit pas :

— Tu t'es fâché avec Alex ?

D'un ton sec, il rétorque :

— Je n'ai plus besoin de lui, c'est tout.

Amanda le toise avec obstination, le change-ment brutal de sa personnalité l'intrigue. Il le re-marque, lève à son tour le regard sur elle :

— Pourquoi me fixes-tu ainsi ?

— J'attends que tu m'expliques ce qui se passe.

Devant sa physionomie déterminée, il devine qu'il ne peut plus reculer, qu'il doit la vérité à Amanda. Il se livre et raconte tout des raisons de sa rencontre avec Alex.

Une fois qu'il a terminé, elle s'exclame :

— Et moi qui croyais votre amitié sincère et indéfectible ! Comment veux-tu que je te fasse confiance ? Tu mens à tout le monde !

— J'ai juste souhaité ne pas t'ennuyer avec cette histoire.

— Et quand comptais-tu me l'annoncer ?

— Sans doute jamais. Je ne pensais réellement pas qu'elle t'intéresserait.

— Je te remercie de ta franchise pour une fois.

— À toi, je n'ai jamais menti. Avec Alex, la situation m'y a contraint. Je t'aime Amanda.

CHAPITRE 19

Des années plus tard.

Après avoir abandonné la restauration et re-pris ses études de médecine, Gabriel exerce depuis un an le métier de médecin-urgentiste à l'hôpital de Nice où il assume des gardes de nuit, parfois celles du week-end ou des jours fériés.

Sirène hurlante, l'ambulance traverse les rues de Nice puis se gare devant le service des ur-gences de l'hôpital. Un individu en blouse blanche ouvre la porte arrière du véhicule. À l'intérieur, deux autres ambulanciers l'accompagnent et l'aident à sortir le brancard sur lequel gît une femme sur le point d'accoucher. Elle se tord de douleurs, le visage déformé par des grimaces liées à des contractions. Au sein de l'hôpital, un brancardier les relaie, la transporte à la maternité. Gabriel assure la garde de nuit. C'est Amanda qui a contacté le service des urgences de l'hôpital, affolée, annonçant qu'elle perdait les eaux, Gabriel a immédiatement envoyé une ambulance à leur domicile. Alerté par ses collègues de son arrivée, il se précipite à son chevet, soulagé de la savoir entre les mains sérieuses d'un personnel qu'il connaît. Dans quelques heures, il deviendra père.

Amanda va accoucher de son premier enfant. Il l'embrasse sur le front alors que de nouvelles douleurs l'entraînent dans des contorsions. Il est obligé de la quitter, il doit rejoindre le service des urgences qui débordent. Avant de regagner son travail, il lui donne un baiser sur sa peau moite, en sueur, à force de résister à la souffrance. En seulement dix minutes d'absence, le nombre de personnes aux urgences s'est accru. Un homme victime d'une intoxication alimentaire a besoin d'être rassuré, un autre en état d'ébriété devient incontrôlable, les insultes fusent, il s'en prend physiquement à un ambulancier. Un membre de la sécurité intervient pour le maîtriser. Quelques personnes attendent inutilement, des cas sans danger, sans réelle gravité, qui s'affolent pour une simple coupure ou à cause d'une bosse ou d'un bleu après une chute anodine.

Vers minuit, Amanda donne naissance à une fille. La frustration de Gabriel demeure immense, il est coincé là aux urgences auxquelles il doit faire face alors que seulement quelques étages et un couloir le séparent de sa femme et de sa progéniture. Il se console comme il peut de ne pas avoir pu assister à l'accouchement d'Amanda. Avec ses horaires de travail contraignants et décalés, une profession où l'inattendu s'invite constamment, il ne pouvait pas s'absenter. Le service des urgences regorge de monde et le personnel manque. C'est sans dire que le jour exact d'un enfantement reste impossible à déterminer, le bébé est né plus tôt que prévu. Amanda a surtout besoin de repos.

Gabriel lui rend visite le lendemain. Encore épuisée, les yeux clos, elle se repose étendue sur le lit. Sa nuit a été courte. Il embrasse ses lèvres endormies tout en posant délicatement la paume de sa main contre son front, comme s'il vérifiait l'absence de fièvre, une attitude qui ressemble à une déformation professionnelle, mais non, en cet instant, c'est un geste de tendresse.

À côté du lit, il découvre le bébé emmailloté, encore fripé qui dort dans son berceau les poings fermés. Il sourit devant l'image de sa fille, frôle du bout de ses doigts les minuscules phalanges du nouveau-né. Amanda est maintenant réveillée. Elle regarde Gabriel puis tourne la tête vers son enfant. Le couple discute sur le choix du prénom. Ils ne désiraient pas connaître le sexe avant terme. Dans les mois précédents l'arrivée du nourrisson, ils en avaient glané plusieurs appartenant aux deux genres. Désormais, leur liste s'allège : Élodie, Jade ou Inès ? À moins qu'ils ne lui attribuent les trois. Assis sur le lit de convalescence de sa femme, un silence entoure leur décision. Chacun a l'air d'attendre que l'autre tranche. Les regards se touchent, des sourires s'ébauchent, et d'un coup, en chœur, le prénom Jade jaillit de leur bouche. Quelques jours après, Amanda sort de l'hôpital avec Jade dans ses bras, Gabriel à leurs côtés.

Gabriel alterne le travail de jour et de nuit. Il côtoie sans cesse des cas différents, la monotonie n'a pas sa place dans ce métier, si ce n'est celle des catastrophes. Ce jour-là, après s'être occupé d'un blessé qui s'est cogné et ouvert le crâne en relevant la tête alors qu'il rangeait sa cave, à qui il vient d'administrer dix points de suture, il est sur le point de poser un plâtre à un autre dont le bras est cassé, quand un ambulancier s'approche de lui et crie :

— Nous avons ramené une personne qui a tenté de se suicider. Il respire, mais une prise en charge immédiate s'impose, il a perdu connaissance.

— Vous savez ce qu'il a avalé ? Dit Gabriel.

— Une boite de lexomil avec de l'alcool, dit-il. Il est accompagné d'un ami qui l'a retrouvé inanimé chez lui.

— Amenez-le tout de suite, ordonne Gabriel. Je vais parler deux minutes avec celui qui l'a escorté.

Puis il se tourne vers le vieux avec le bras cassé :

— Je m'occupe de vous après monsieur. Le vieillard acquiesce sans broncher d'un mouvement de la tête, les cheveux argentés coiffés en bataille, le buste avachi, le regard vitreux de celui qui attend depuis des heures.

Le brancardier amène le suicidaire. Entretemps, Gabriel est sorti de la pièce après s'être lavé les mains. Il se dirige vers le camarade qu'il reconnaît aussitôt même s'il ne l'a vu qu'une fois ou deux chez Alex : Gilles.

— Comment est-ce arrivé ? s'enquiert-il sans même le saluer ni s'engager sur le terrain de la connaissance.

Rien n'indique que Gilles se souvient de lui. Dans sa blouse blanche, une charlotte sur les cheveux, un masque qui lui recouvre une partie du visage, il est métamorphosé dans cet accoutrement. Et puis le temps a filé, il l'a certainement oublié et ne s'attend pas à le voir dans cet endroit. Ils se sont rencontrés deux fois par l'intermédiaire d'Alex. Gilles ignore tout de la vie de Gabriel. Il s'adresse donc à Gabriel comme à n'importe quel inconnu croisé dans la rue qui demande sa route :

— Nous avions rendez-vous. Quand j'ai sonné, il n'a pas répondu. Inquiet, j'ai insisté. Un silence de mort régnait autour de moi. Comme il m'a filé un double des clés, j'ai ouvert. C'est là que je l'ai trouvé étendu à terre. Une boite de lexomil vide et une bouteille de whisky bien entamée gisaient sur le sol à ses côtés. J'ai tout de suite compris qu'il avait tenté de se tuer.

— Bon, nous allons nous occuper de lui. Rentrez chez vous, nous vous tiendrons au courant. Passez à l'accueil pour laisser votre nom et votre numéro de téléphone.

Ces retrouvailles aux urgences l'exhortent à agir vite, sans considération pour les événements antérieurs. Gabriel ne songe qu'à sauver Alex, plongé dans le coma. Il l'examine puis l'emmène dans le service de réanimation psychiatrique.

Après plusieurs jours en observation, Alex sort enfin de son état inconscient. Il n'a pas tellement changé depuis toutes ces années. Ses joues creuses révèlent un amaigrissement qui accentue la maturité de son visage. Bien sûr, il a le teint terreux, les traits tirés, mais s'il l'avait croisé par hasard n'importe où dans un autre lieu, à l'évidence, il l'aurait reconnu. Il regarde Gabriel, un timide sourire glisse sur ses lèvres emplies de pudeur. Le médecin est touché. Mal à l'aise, dans cette réunion fortuite, ils restent face à face dans le mutisme, l'un comme l'autre retenu par des motifs devenus obsolètes dans cette situation, avec un sentiment de honte partagé de se revoir grâce à un coup du sort. Depuis leur dernière conversation, ni Gabriel ni Alex n'avait fait le chemin du retour vers l'autre. Chacun campé dans sa position. Alex, piégé et coincé, tentait d'oublier sa culpabilité, sans pouvoir écarter la rancœur d'un abandon mal vécu. Gabriel, lui, n'avait pu arbitrer entre deux aperceptions adverses, la compassion en même temps que la rage qui l'animait contre Alex, et avait conservé une attitude de repli et de rejet. Comme un pleutre qui se sépare de deux antagonistes encombrants.

Pourtant, Gabriel a continué son entraînement à la guitare, en se remémorant souvent toute cette histoire, sans jamais oublier qu'il devait à son frère Alex son enthousiasme pour la musique. Dorénavant, ils ne peuvent plus se fuir, les aléas de la vie leur envoient une chance pour quitter la salle des reproches et accéder à leur réconciliation.

Après des semaines d'hospitalisation, Alex se rend deux fois par semaine au centre médico-psychologique où il est suivi par un psychiatre. Grâce à ces consultations, il retrouve doucement la confiance en lui, ses pensées morbides s'éloignent et le danger d'une récidive aussi. Par ailleurs, son médecin l'encourage à poursuivre sa passion pour la musique. Alex a réussi à mettre des mots sur son acte suicidaire, sur sa cause.

Lors d'une séance avec le psychiatre, il a dit : « Depuis toujours, je me sens considéré comme un bâtard, parce que je suis métis, mais aussi parce que j'ai été adopté, vous comprenez ma détresse existentielle ? ». Le spécialiste a immédiatement cerné dans quel sentiment de rejet, il a vécu. Le psychiatre est convaincu que son patient va guérir dès lors qu'il a élucidé la raison de son mal-être. Mais il lui conseille de poursuivre la thérapie.

Le rétablissement et l'équilibre mental d'Alex progressent d'autant plus vite que Gabriel est à ses côtés. Il tient une place importante.

*

* *

La salle de spectacle se gorge de monde. Les conversations s'accumulent dans l'assistance et provoquent un bruit assourdissant. Des éclats de rire, à la provenance floue, diffusent un son inégal comme des éclaboussures intermittentes. L'auditoire est comble. Les derniers retardataires s'installent tandis que les portes d'entrée se referment. La cacophonie perd de sa vivacité.

Tout à coup, le silence revient. Tout le monde a les yeux rivés sur la scène. Deux silhouettes masculines sortent alors des coulisses et s'assoient sur un tabouret, une guitare à la main. Une chanteuse les suit et se place devant le microphone. Ils se concentrent un instant avant de saluer le public. Les premiers airs fusent des cordes des deux instruments. La voix d'Amanda les accompagne. Alex et Gabriel chantent le refrain avec Amanda. De temps en temps, les regards des deux hommes se croisent, un sourire sur leurs lèvres éclaire leur visage d'une complicité joyeuse, un clin d'œil d'Alex à Gabriel scelle leur union. Dans une ovation, l'assistance exprime son admiration à l'égard du trio. Au bout d'une heure de concert, l'auditoire se lève pour manifester un rappel. Des claquements de mains approbateurs récompensent les artistes. Les deux acolytes et Amanda saluent et remercient leur public avant de disparaître derrière le rideau rouge. Cinq minutes se sont écoulées lorsque le groupe réapparaît sur la scène et joue une composition brève chantée à trois voix.

Gabriel se souvient d'une conversation avec Alex où ils révélaient leur rêve commun de posséder un frère. Ne s'était-il pas réalisé ? En sortant du concert, Alex dit à Gabriel :

— J'ai rendu visite à mes parents adoptifs, ils étaient heureux de me revoir !

— Tu leur as parlé de nous ?

— Oui. Ils adoreraient faire la connaissance de ma nièce Jade.